全民微阅读系列

乡里乡亲
XIANGLI XIANGQIN

侯淑玉　著

江西高校出版社

图书在版编目(CIP)数据

乡里乡亲 / 侯淑玉著. —南昌：江西高校出版社，2017.5

（全民微阅读系列）

ISBN 978-7-5493-5362-0

Ⅰ.①乡… Ⅱ.①侯… Ⅲ.①小小说—小说集—中国—当代 Ⅳ.①I247.82

中国版本图书馆 CIP 数据核字（2017）第 100421 号

出版发行	江西高校出版社
社　　址	江西省南昌市洪都北大道96号
总编室电话	（0791）88504319
销售电话	（0791）88592590
网　　址	www.juacp.com
印　　刷	北京一鑫印务有限责任公司
经　　销	全国新华书店
开　　本	700mm×1000mm　1/16
印　　张	16.5
字　　数	186千字
版　　次	2017年5月第1版 2020年7月第3次印刷
书　　号	ISBN 978-7-5493-5362-0
定　　价	42.00元

赣版权登字-07-2017-449

版权所有　侵权必究

图书若有印装问题，请随时向本社印制部(0791-88513257)退换

目录

第一辑　春风拂面

保姆桂珍　　/002

彩云　　/005

城里来的小王大夫　　/007

赤脚医生　　/010

大香和小香　　/013

丁奶奶的"解放脚"　　/016

儿媳　/019

二姐的往事之一　　/021

二姐的往事之二　　/022

二姐的往事之三　　/023

二姐的往事之四　　/026

桂兰妈　　/027

老味儿　　/030

老道　/031

栗子　/034

妈妈打我了　　/036

门外响起敲门声　　/038

暖风　/041

破烂换起灯儿　　/042

墙　/044

亲上加亲　　/045

青花瓷　　/048

三分钱　　/052

三婶儿轶事之一　　/053

三婶儿轶事之二　　/054

三婶儿轶事之三　　/055

三婶儿轶事之四　　/058

我是你哥　　/059

五姐　　/062

相机　　/065

小个子　　/068

小脚儿李大妈　　/070

小偷！小偷！　　/073

心里的那杆大旗　　/074

兄弟　　/078

哑巴的心事　　/079

张大爷的手艺　　/082

张老莴儿　　/084

正骨的刘大夫　　/087

最美不过炸酱面　　/089

第二辑　　冬去春会来

啊龙是条狗　　/094

冬日　　/095

二奶奶　　/097

父亲的山　　/099

犟老爸　　/101

两个人的故事　　/104

妈妈去哪儿了　　/106

马四爷进程　　/111

母亲　　/113

南街　　/116

能人赵慧　　/119

事儿多　　/123

王嘟噜　　/126

王结实　　/129

我们都没说　　/130

晓月　　/133

羞　　/134

雪花儿飘呀飘　　/138

丫头　　/141

耀祖的儿子　　/145

一对夫妻　　/146

一个男人的故事　　/148

一双大眼睛　　/151

追　　/153

第三辑　秋风落叶

宝珍　　/156

吃狗的人　　　/158

大哥大爷大大爷　　/161

灯光下的男人　　/164

瞪眼儿奶奶　　/167

二舅　/169

肥水不流外人田　/173

疯娘　/176

哥哥的理想　/179

公平合理　/182

喝二锅头的那个人　/184

红煤　/186

街上的一景　/189

她把自己发送了　/191

镜湖　/194

看磨坊的艾大爷　/195

刻在心里的眼睛　/198

快跟我发财　/200

兰兰　/203

老当当　/206

李大妈和她的儿子们　　/207

满堂　/210

美丽的生活　　/213

母子　/215

跑步前进　/218

喜事临门　/221

他长得真好　　/224

我的地盘，我做主　　/226

我和那个她　　/228

舞动的红裙子　　/231

瞎抓　/233

小红　/236

小琴的爱情　　/240

小哨儿　/243

谢恩　/245

雪脏了　/249

要变天儿了　　/252

第一辑

春风拂面

保姆桂珍

老张的三个儿子都有出息,英国安家的,美国教书的,就连最小的也到加拿大做生意去了。五年前,儿子们要接他们出国,英国、美国、加拿大,随便挑。

他摇头,老伴也摆手,夫妻俩哪也不去。于是儿子们就在北京二环路边上给老两口买了一套大房子。楼层高,客厅宽,卧室明亮,这都不说,让他们高兴的是站在屋里就能看见天安门!这还不算,还花钱找了个人给他们洗衣做饭。

桂珍是儿子特意为他们找的保姆。桂珍一进门,老张两口子就喜欢!个子高、身板直、从头到脚利利索索,一张嘴话音好听,而且满脸是笑。更高兴的是,厨房一进,不大工夫就端出米饭炒菜还有一小盆儿汤。老两口一吃,地道的家乡味!

也姓张的桂珍,常被老张两口子笑称"丫头"说是自己前世丢的闺女儿。

44岁的桂珍爱性格开朗,山东老家有七十岁的公婆,还有近八十岁的老娘。去年家里双喜,大儿子娶媳妇成家,小儿子考上了大学。小儿子的学校在大城市,花销大,为了供小儿子,她出来挣钱了。

腊月二十三,是中国人的小年。老张牵着老伴的手来到家门口的超市。买了关东糖,还称了猪肉羊肉。上次儿子孙子回来吃饺子,吃得都舍不得撂筷子!孙子孙女见着那又脆又甜的关东糖,更是舍不得放手。唉,想想那个日子,已经五年了……

桂珍的电话响了。桂珍的娘又来催桂珍回家了。桂珍的娘比老张大两岁。桂珍两年没回去了。老张心里明白:闺女儿想娘,娘也想闺女儿……

"大伯,我不回家……"桂珍说着头一低,进了厨房。

大年初一,老张的老伴就病了,而且病得不轻。桂珍叫来救护车,把老张的老伴送进了医院,紧跟着就进了"ICU"危重病房。

老母病了,儿子们打着飞机回来了。可老张的老伴,却走了……

儿子们拿出二十多万元,在一家星级公墓给养育他们的母亲买了一座墓穴,汉白玉的墓碑高大气派,烫金的汉字闪光耀眼!

又一年。一进腊月,老张也病了。一到医院。医生立马开了住院单。

老张一住院,桂珍就忙开了。白天家里洗衣做饭,夜晚陪床伺候。老张很是心疼。张啰着找个护工。桂珍说:"不用。"其实她是心疼老张,怕护工伺候不到。

老张病房一住就半个多月,洗衣、洗脚、擦身、送饭,不说累,得空还陪老张聊天逗笑。

老张病稍好,就要出院,医生拗不过,只好开了药,一再嘱咐桂珍:"这药你爸早上服,这胶囊,一天三次……"桂珍拿着小本一条一条记下。

出院的前一天,桂珍把老张家收拾一新,还到花店买了盆花儿,盆红、叶绿、花鲜,而后还点燃了老张和老伴都喜欢的一支茉莉花味的线香。

腊月二十九,桂珍打电话给小儿子,让他明天到北京来。

大年三十,桂珍包完饺子后,就到超市买了挂大红鞭炮。

天擦黑儿门铃响了。儿子一进门,老张一愣,桂珍欢快地说:"儿子,快给爷爷拜年!"

儿子先是一愣,而后像明白了什么似的,双腿一跪:"爷爷新年好!"

此时的老张好像也明白了什么"好!好!好!"一连应了三个好。

新年的钟声就要敲响了,桂珍招呼着儿子:"快下楼,放鞭!"儿子一溜小跑下楼了。

老张又住院了,那天是正月初六,是去年老张的老伴在"ICU"抢救的日子。医生找到桂珍,问她:老人家里除了你还有没有亲人?"

"怎会没有呢?"桂珍一听这话就急了。"儿子都在英国、美国、加拿大都有呢!儿子孙子孙女可全啦!"

"联系他们,让他们回来吧。"医生看了看病床上的老张,摇了摇头。

正月十六,元宵节刚过,病床上的老张停止了呼吸。这一天离老张 80 岁生日——"二月二"龙抬头的日子,只差 12 天。

儿子们回来了。他们把生身之父送到了生身之母身边,安葬在豪华的公墓里。

桂珍就要回家了。临走前,她拿出一个信封,"大哥,这是医院的大夫让我转交给您的,说是大伯留下的。"

老张的二儿子,手快没等大哥接手就把信捏在了手里。他本来是张着大嘴准备大声宣读的,可一下又哑住了……

"怎么了?怎么了?"众人围拢过来:一张病历纸,一行清晰字,一个个再熟悉不过的笔迹:

我所有的财产,由女儿张桂珍继承。

立据人:张德贵 2010 年正月初八

彩 云

腊月二十的上午,她就大张旗鼓地拎着包敲响了张老爷子的房门。不光如此,还与老爷子牵着手在小区门口的早市上鱼、肉、蛋菜买了好几兜,一副要过年的架势。

果不出所料,还没出五天,张老爷子的儿子、媳妇、女儿、女婿就先后赶了回来,那架势好像要把不足一米六的彩云撕碎了似的。

大儿子一家进门时,彩云正在厨房同往常一样熬汤做饭,虽然早就预料到了,心里有准备,可还是有些怕。

78岁的张老爷子是在入住回迁小区的第二年,认识彩云的。今年快4年了,他们的感情可以说一日不见如隔三秋了。

彩云可是来北京的头一年就认识张老爷子的。她今年36岁,安徽人。上有古稀的爹娘,下有正在读书的一儿一女。四年前她随丈夫来到京城搞室内装修,她就租住理想城小区,就在张老爷子的楼下。他们的装修队八个人,她负责买菜做饭。做饭间隙也像小区居民那样遛弯儿聊天儿,一来二去就认识了张老爷子。

聊天儿中彩云才知到,看似普普通通的老爷子,真是不简单呢!不但两个儿子大学毕业,就连闺女也到英国留过学呢。这,在他们老家是连想都不敢想的呀!就她这初中都没毕业的文化,在他们的山洼洼里就算"文化"人了。

而张老爷子本人更让她佩服得不得了呢,老爷子年轻时还当

过大队书记呢！看那一张一张照片,挥锄的、讲话的、带着红花捧着奖状的,张张都透着张老爷子精神、帅气！照片是她帮老爷子把米袋拎进屋看见的。

照片就在客厅墙上。"这是我大儿子、大儿媳、二儿子、二儿媳、闺女、孙子、孙女……"一进门张老爷子就用手,点指着一张有十几人的大照片让她看。老爷子很兴奋,眼睛、眉毛、嘴巴、牙齿都透着兴奋,就连伸着的手指也跳舞似的哆嗦……

照片里的人,衣着体面,长得端正,打眼一看,就觉得有文化有素质。再看那一张张笑模样,由不得自己也跟着笑。多好的一家人呀！

可照片里的人,彩云却一个没看见过。也许他们来时自己正忙,也许见到了匆忙中,没认出来。

"大儿子一家在上海。二儿子在天津,闺女儿在深圳……"听听都是大城市,要不她彩云看不见呢,都是干大事业的人。哪像他们隔个仨月俩月就想爹妈、恋孩子地往山沟沟的家里跑呀。

一个人过日子不容易,何况老爷子快八十岁的人了。给老爷子买个菜,顺手;炒个菜熬个汤,也不难,十几分钟而已。做饭对于彩云来说,就是手拿把儿攥的活儿。一来二去这就成了习惯。吃饭的人,习惯了,做饭的人,也习惯了。以至于就是彩云回老家看望爹娘也在饭桌上念叨:老爷子也不知吃什么饭。

而老爷子更是针扎屁股似的在家里坐不住。彩云一天不回来,他就守着楼门儿,天儿不黑,不回家。

近两年,彩云发现张老爷子不像以前爱说了,笑也少多了。发呆几乎成了常态。小区座椅上一坐就是半天,就是同街坊说话也是一两句而已。就是彩云到家里做饭,打招呼也是象征性的了。

眼看要到年了,装修队的工程已进入尾声。丈夫前几天就让他准备年货,说,买好了腊月二十九的车票了。

彩云搬进老爷子家,是早有预谋的。谁也不知道,就是丈夫也想不到!

张老爷子有存款,而且少不了!听说每月有两三千的养老钱呢。而且儿子闺女也给他少不了。这都不算,更重要的是有两套回迁楼房呢……

彩云不漂亮,但比老爷子小四十多岁,这么年青能图他什么呀?

这话,不是现在才听说,早在两三年前就有。今天,在年前的腊月二十,街坊们又都瞪大了眼睛看见她,彩云拎着包"住"进了张老爷子的家!

而后来,她,彩云,又悄悄退出张老爷子的门,却没人看见。

而她的目的呢,却是心想事成了。

腊月二十五,街坊们就看见张老爷子的儿子儿媳,露面了,接着就是闺女、女婿、孙子孙女。

在大年三十的一天前,张老爷子全家团聚了。

而此时的她,彩云也满怀欣喜地和丈夫登上了回家的高铁。

城里来的小王大夫

她姓王,个头不高,身子不胖,眼睛不大,戴着一副眼镜。皮肤白,爱笑,说话慢声细语。也许是因为她身材娇小,也许因为她进这村庄时还扎着大辫子,也许是因为卫生院有一个老王大夫,乡

亲们一见着她，就很自然地称她"小王儿大夫"了。谁知这一称呼一叫起来就很快一传十、十传百了，而且是从20世纪70年代跨过了世纪传到了二十一世纪的今天，传了四十多年！把满头青丝的"小王儿大夫"叫到了华发丛生，而那一声声回荡在家乡里的"小王儿大夫"的呼唤，尤其是从八九十岁的耄耋老人口里吐出，完全不像在称呼一个大夫，而是一个亲人的"乳名"，一个在他们心里疼爱着的儿女的一个小名儿。

小王儿大夫名字叫王淑英，北京城里人，家住天桥。20世纪70年代城乡差别很大，谁都想往城里跑，而王大夫从大城市来到农村，不要说她的医疗技术有多高，就单她对乡村人的态度，就深深得到了父老乡亲喜爱。无论你的年龄多大，无乱你的裤褂有多少泥土，你一进门，她都笑脸相迎，软语相慰，病还没看，你的病痛就减轻了。量血压、测体温、听心音、看舌苔，动作轻、观察细，开方拿药到家入口，保你三日，病减轻痛消失。

87岁的母亲信服小王儿大夫，而且是几十年不变，这要从20世纪的70年代的那个生死之夜说起。

那是一个冬天的夜晚。村里在后操场放映电影《雷锋》，家家户户老老少少几乎全部出动了。母亲没去，守在家里缝补衣服。大约九点多的样子，电影散了我们回到家并很快睡着了。

也不知过了多久睡梦中我们突然听到母亲的呻吟！四姐第一个起来，冲出屋门，看见母亲正蹲在外屋的便盆上，脸色唰白，身子哆嗦："妈您怎么了？"听到喊声我和妹妹也一骨碌爬起来跑到了外屋，"你俩看着妈，我去找大夫！"四姐不等话音结束就冲到了院子里，推上自行车就出了家门，并且很快消失在漆黑的冬夜。

夜很黑，村很静，心很急，村里的坑坑洼洼很不好走，胡同里更是曲曲弯弯疙疙瘩瘩了。白天人们走都难免闪腰岔气，夜晚就更像没了眼睛的盲人！路,完全凭着白天的记忆懵着走的。而此时的四姐心里什么都扔掉了"快救妈妈！"把她的心、把她的脑全占据了！骑上车的她只有一个念头:快！快！

卫生院灯光！四姐看见了,找到救星一般,双眼里蓄满了泪水……

"快去救我妈妈！"这句话冲撞了一路,撞得心都疼了……

丢下车,四姐冲进了诊室:"快去救我妈妈！"

值班的大夫吓了一跳！

"快去救我妈妈。"四姐身子一软几乎瘫倒,被大夫一把扯住。

大夫一个转身拎起药箱:"快带路！"

四姐身子一拔,迈步出门。

"你骑上车带着我！"大夫的话像命令。

四姐偏腿骑上车,大夫脚起身落座在了后座上。

"扶住车把！"大夫又下了命令。

四姐得令死命往前蹬车。很快汗就在四姐的脑门、手心溢满了。一辆自行车在冬天的夜里、在刺骨的风里的、在七扭八歪的胡同里颠簸……

"咣当！"车子摔了出去！四姐懵了……

大夫爬起来"快！"就一个字！四姐一个惊醒,扯起车随着大夫一路奔跑！

母亲躺在炕上,脸不仅唰白而且肿得老高了！呼吸微弱,心跳缓慢……

"急性荨麻疹！"大夫只一眼就作出了判断！只见她戴上手套打开药箱拧开药瓶倒出药片儿急速塞入母亲嘴中！

我们含着泪一动不动,眼睛直直地看着……

"唉——"母亲终于长长地出了口气。慢慢睁开了眼睛:"我这

是怎么了？"看着眼前的大夫、看着满眼是泪的我们,母亲有些疑惑。

"您这是过敏性荨麻疹。急性的。太危险了！再晚点就要您的命了。多亏了您这丫头！"大夫转脸看着四姐。

"妈,我摔着大夫了……"四姐带着哭腔。

"没关系。"王大夫伸出手在四姐的头上拍了拍。

"明天您去医院查查过敏源,以后吃东西要注意了。"大夫说完背起了药箱。

"送送王大夫！"母亲欠欠身。

"不用了。您快休息吧。"王大夫挥着手走出家门。

四姐追出家门,望着黑夜里一瘸一拐的身影,很久很久……

赤脚医生

"当！当！当！"大年除夕的深夜,过年的鞭炮刚刚消停,人们刚刚沉入梦乡,医生王桂英就被房后巨大的拍打声吓醒了。

那正是我,一个拿着一块半头砖对着她家一排红砖瓦房的后房山从东头到西头一通地猛砸的我！

当！当！当！六间房我从东到西,又从西到东砸了一个来回！那声音就像一颗颗还未燃尽的二踢脚再次在睡梦中的村庄炸响,那声音之大之响之震撼,比午夜的炮仗阵有过之而无不及！

12年前的大年三十。我们在母亲家吃过丰盛的年夜饭,催老妈赶紧歇歇,我们也赶紧回去不熬夜了。年过 70 岁的母亲,为了都做生意的我们吃上可口的年夜饭,咕嘟炖炒忙了整整一天了。

午夜两点,熟睡中,电话突然炸响!我们被吓得心惊肉跳。我一个翻身抓起电话:"妈犯病了!"听筒里传来嫂子的急呼声。我和丈夫扯起衣服就往外跑!

躺在床上的妈妈,双眼紧闭,脸憋得紫红,气,一口一口艰难地喘着……

我拔起腿冲出了门,向村东一路狂奔!在村东头一溜红砖瓦房后山停下,哈腰抄起一块半头砖对着那后房山就狠狠地砸去!

桂英是村里的医生,是从赤脚医生开始从医近三十年。母亲心脏不好,还有过敏症。一犯病,桂英,就是救命的首选!

当时的我只有一个念头:桂英姐快起来!快起来!救我妈!救我妈!根本不考虑此时屋里正熟睡的她,也有同母亲岁数相当的父母也会受到惊吓,也有可能吓得犯病!

姐呀,姐,你快点,快点呀!想着命悬一线的妈妈,我浑身打站,满眼是泪。

也就三四分钟,诊室的门打开了"姐,快救救我妈……"我话还没说完,桂英姐背着药箱就冲出了门。

我们一路奔跑。往日十几分钟的路今天只用了五六分钟。桂英姐看了眼母亲,掀开药箱,拿出救心丸,塞进母亲舌下。一次,又一次。母亲仍是眼闭、脸紫、气不出……

我跪在妈妈的床前,紧紧地拉着妈妈的手,这是怎样的手啊,往日能把冰捂化的手,今天却能让一颗热乎乎的心凉到底!"妈妈……妈妈……"

我万分恐惧满眼是泪,一声接一声地喊着妈妈。我怕呀,真怕妈妈就此离去……

一道光,一道亮亮的银光。一根两寸来长的针被桂英姐从一

个长方形的盒子里抽出,稳稳地扎在母亲的胸口处。

针,轻缓娴熟而流畅。

等待……等待……

哥哥、姐姐、嫂子、小妹所有人都木头人一般。就连桌子上的老座钟,也嘀嗒——嘀嗒地放慢了脚步……

也不知过了多久,仿佛过了一百年。

"唉——"母亲紧闭的唇终于缓缓地张开了,一口气,憋在心中许久许久的那口气,终于呼出来了!

母亲的眼皮撩开了,手也热乎了,脸也渐渐舒展了。

"姐,快坐下歇会儿吧。"嫂子递过一杯热水。

"姐,我妈没事了?"

"没事了,没事了。"桂英姐也舒了一口气。

"大妈这是累着了。唉,老人都是这样,总是想着儿女。大妈好好歇着吧,我回去了。"一个邻家姐姐的样子。

桂英姐说完背起磨了边儿褪了色中间镶着红"十"字的老药箱,出了门。

"阿嚏!"一股冷风吹来,桂英姐打了一个喷嚏。

直到此时,我们才发现,桂英姐身上只穿了一件鹅黄色的薄毛衣,脚上只穿了一双拖鞋,而且还没有穿袜子……

大香和小香

大香家锁门了。每天都在大门边坐着的身影不见了。

小香很纳闷。一打听才知道前几天一辆"120"(救护车)将大香拉走了。

大香,长得五大三粗,嘴大嗓门高,腰粗屁股大,走路一扭一颠儿的。

大香念书时和小香是同班同学。大香读书很吃力,经常要抄小香的作业,从小学一年级跟班走,上到初中二年级,总共也不认识百十个字。

20 岁刚出头,就被亲戚说给了一个脑瓜不太灵的人,做了媳妇儿。两年后她带着一岁的女儿"甩"了那个人回到了娘家。而后不久自己找了一个收破烂的"外地人"结了婚。今儿住这儿,明儿搬那儿,像串房檐儿的鸟儿"漂"了许多年。前几年在家人的帮助下总算盖上了房。恰与小香东西院。

小香,长得高挑匀称,高中毕业喜欢舞文弄墨,有时还能发表几篇小文,又找了一位可心的、立过功的军人做伴侣。不错的商店开着,四个轮的汽车坐着,生活要多美有多美,心里充满了阳光。

大香和小香虽然穿屁帘时就是伙伴,小学到中学的同学,十几年的街坊,面对时常坐在门口的大香,小香很少跟她说话,只是偶尔打个招呼而已。因为小香心里始终有点儿瞧不起大香。

而今,面对大香家门上的铁锁,空荡荡的门口,小香脑海里却

时时闪现大香的身影……

特别是想起那件事就更让小香脸红心跳了……

那是在40多年前,秋后队里分茄秧。8岁刚学会"掏裆"骑车的小香风风火火地来到地里,抱起一大捆茄秧就往车后架上装,还没"28"车把高的她,一手攥着车把,一手抱着大梁,瞪着两只眼珠子,咬着嘴唇,鼓着腮帮子,在疙瘩噜嗦的田间小路上"蛇"行。

眼看就要到家了,"好孩子,真能干!"小香仿佛听到了妈妈的称赞!

突然,车子"咣当!"一下蹦了起来"啪嚓!"一声,车子、茄秧小香,全倒了!

小香吓蒙了!

等她懵怔过来,她的右腿却怎么也不听话了,而且还钻心地疼……

到医院一拍片子:腿,骨折了。

晚上,大香来到小香家。坐在炕上的小香一条腿被纱布缠得白白的,一双眼睛红红的。

大香压着嗓子问:"很疼吧?"

小香含着泪摇摇头。

"那你怎么哭了?"大香眨着眼睛问。

小香眼泪汪汪抬起头"我…我明天怎么去上学呀?!"

大香歪着头眨着眼睛嘴角咬着手指"有了。"

第二天一早,刚过七点。

"咕噜…咕噜…"

"妈!妈!我要上学去。"才吃过饭的小香,一眼就瞅见了拉着小车进门的大香。

"你?你怎么去?"妈妈有些纳闷。

"看！大香接我来了！"

"这能成？"妈妈看看大香又看看小车。

"成！这车能拉一大筐柴火呢！不信您扶小香试试！"大香又亮开了大嗓门。

"妈,快扶我上去。"小香急着说。

妈妈无奈只得依从。

小香被扶上小车。

"坐好。"大香说着抄起车前的拉绳放在肩膀上,头一低,腰一哈,屁股一撅,腿一绷,车轱辘就转着向前跑了。

大香比小香大不足一岁,个头略高一点儿。9岁的大香拉着8岁的小香。

大香前倾着身子拉车,鼓着脸,咬着唇。不一会儿,拉绳就陷在花袄里。涨红的脸也滚出了汗珠子。

"大香我很沉吧？歇一会儿？"

"不沉。不沉。你腿还疼不？"

平时学校上课铃,在家都能听见,拔腿眨眼的道儿,今天这小车却"咕噜"了好半天。

来到了教室,大香将小香搀到座位上,还接了杯水放到桌子上。课间又扶她上厕所。放学了,大香将小香又扶上"专车",腰一哈,腿一绷,四轮儿小车就又"咕噜咕噜"往回转。

这一早一晚,咕噜咕噜,准时准点,这一上一下,咕噜咕噜风雨无阻;这一去一回,咕噜咕噜说说笑笑,这咕噜咕噜的响声,在这条300米的小路上,一直持续了30多天……

大香住院了,大香家的大门上锁了,小香每天亮堂的心,这几天也像上了一把锁……

小香往包里装了些钱,带香蕉捎上苹果来到医院。

病房里静悄悄的。大香抬头看见小香很高兴,大嘴张着呵呵地乐,满脸的肉随着直颤,眼睛也笑成一条缝儿。

小香望着病床上大香说:"我给你拿了些钱你先用,不够再言语。"

"我好多了。小香你真好!你真好!"大香使劲攥着小香的手又是摇又是晃……

丁奶奶的"解放脚"

92岁的丁奶奶,并不姓丁,因是丁爷爷的老伴,所以,我们都叫她丁奶奶。

丁奶奶的脚小,穿的鞋,有些尖。脚往前一迈,身子就一歪,屁股也跟着一扭。像是在扭秧歌儿。但有时,丁奶奶就不像跳舞了。肩上担着水桶,或背上大草筐,两腿就拽得快了。身子不扭了,却像是在晃哪!里拉外斜的,简直就要摔倒了!

丁奶奶的脚怎么了?有一次我实在忍不住了:"丁奶奶,您这脚……是叫'三寸金莲'吗?"刚刚还笑着给我讲故事的丁奶奶,即刻刹住了嘴,脸一下子像是发烧。

"傻丫头……"打了一下迟愣的丁奶奶伸出手摸着我的头"我这,可不叫'三寸金莲'!三寸金莲比这小多了。就这么一乍。"丁奶奶的大拇指食指一张。

"我这叫'解放脚'!"丁奶奶的声儿渐高,眼放亮光。

"解放脚"?我瞪大了惊奇的眼睛。

丁奶奶说,7岁那年,母亲依着老礼儿给她裹脚。母亲一只手拿着长长的布带子,一手把她的脚攥得生疼。

"妈,我疼。"

"过两天你就不疼了。"背对着她的母亲说。

那一寸宽的带子,一圈儿、一圈儿地缠……她的脚一阵疼过一阵……

母亲终于缠完了。可她的脚,却不敢沾地儿了。钻心的疼痛,终是让哭声儿冲出了口……

"不许哭,忍着!谁家的闺女儿不这样?长一双大贴饼子似的'汉子脚'怎么出门子,怎么找婆家呀!"

白天下地,脚尖儿刚一点,就像踩在针儿尖上。她只好扶着窗台儿,贴着墙根儿走;夜里躺在炕上,不敢动,整宿整宿的睡不着。实在受不了了,她就用两只手指在脚上使劲抠!使劲挠!指甲都抠劈了,才将脚上的布带子扯开!

可第二天,母亲一阵呵斥,又会用更大的劲儿将裹脚布勒得更紧!更狠!她的脚,也就更疼了,泪也就更多了……

"妈妈,求求您,别给我裹了!我…我实在受不了了。"

面对女儿苦苦的哀求,面对小河一样的泪水,那个母亲不动心?那个母亲不心碎呢?

看着母亲的"三寸金莲",想着从没站稳过脚跟儿的母亲,望着扭曲变形的身子,她那个刚刚冒出的心芽,就被厚厚的浓云罩上了。

第二年的春天。母亲带她去北京城里的大姨家做客。她刚一进门,她一眼就看见,同她年岁相仿的表妹,没有缠脚!正在花园里,一踮一扑地捉蝴蝶呢!

小表妹告诉她:现在不裹脚了,妈妈说,妇女解放了!

回到家,她一屁股坐在炕上,一把扯下袜子,抄起剪子,三下五去二,几剪子就将——让她恨得牙八丈长的裹脚布,绞得稀里哗啦!

望着自己原本红润光洁,嫩藕芽似的脚趾,如今竟变成了——只有两个大拇指独立,其余全趴在脚心、窝在脚掌,成了烂白薯……

"你干什么呢?!"身后传来母亲的斥责。

"我,我再也不裹了!"一向被称为乖乖女的她,突然吓了母亲一哆嗦。

面对怒气冲天的女儿,母亲瞥了一眼,青紫红肿,赶上冻萝卜的脚丫,摇了摇头,叹了口气走开了"由你去吧……"

丁奶奶喘了口气,眯着眼笑了笑"我妈那'三寸金莲',整整裹了三年呢!三年,一千多个白天黑夜,那得遭多大的罪呀!"

丁奶奶摇了摇满头的白发"唉,要不是遇见北京城里的表妹,我怎能逃得了呀!更别说有这么一双,比母亲强了不知多少倍的脚了。于是,我就把这双裹了不足半年的脚,因为赶上了妇女解放而被解救的脚,称它为'解放脚'!"

从此以后小表妹就成了这双'解放脚'的向导。小表妹进了学堂,她就要小表妹教她写字;小表妹穿了件旗袍,她也要母亲照着缝一件;小表妹梳了个齐耳短发,她就拿起剪子,咔嚓一下,黝黑的辫子即刻截断。后来,小表妹加入了八路军抗日,她也不甘落后,很快成了妇救会队员,成为给八路军做鞋做袜能手。

丁奶奶18岁那年,隔壁的丁爷爷将端庄俏丽的、有着一双'解放脚'丁奶奶娶进了家门。生儿育女,孝敬公婆;做饭洗衣,喂猪养鸡;上地播种收割,回家栽花养草。丁奶奶干得有板有眼,有声有色,脸上总是带着笑,好像总有使不完的力气,美不够的事儿。"要是没有这'解放脚'可就全完了。"在劳累了一天后,丁爷爷丁奶奶坐在炕头上,总是不由得对着这双'解放脚',发出感叹。

一转眼,丁奶奶在这个小院已生活了近80年了,孙女都快40岁了,冬去春来,从桃花吐蕊,到槐花飘香;从青枣红圈儿,到柿树挂灯;从雨丝如帘,到白雪如银,丁奶奶的小院,总是第一个亮灯,第一个响起脚步声,响起她那,特有的'解放脚'的脚步声。

儿　媳

门虚掩着,我一推,就进了院儿。

还没等"秀娟儿"俩字出口,迎面就撞上两绳子衣物。

被子、褥子、床单、褥垫、秋衣、秋裤、裤衩儿背心儿等等,从东到西满满当当,过个人都得低头哈腰,钻过去。

隔着窗,我看见了秀娟。秀娟儿正给老人喂饭呢。

一撩门帘儿,一股檀香味扑鼻而来。秀娟儿一腿立在地上,一腿跪在床上。一手端着小花碗儿,一手捏着小瓷勺儿。

床头倚靠着一位老人,光头净脸儿,双眼黑亮面色红润。

老人脖子下围着一块白毛巾,秀娟儿捏着勺儿在盛着肉末粥的碗里轻轻一?,放到嘴边儿吹吹,探着身子歪着头,慢慢移到老人微张的嘴边:

"瞅瞅,咱老爸多乖呀。瞅那嘴张得……"秀娟儿就像喂孩子,声儿亲切而自然。

红润的嘴唇微微张开了,一勺粥放到了老人的嘴里,老人大

声地吧唧着嘴,吃得很香。秀娟儿又?了一勺儿,还没等娟儿说话,老人的嘴就又撑开了,而且很大。勺子还没到嘴边儿,嘴就扑了过来! 连粥带勺子一下子咬住了!

"快张开!快张开!"秀娟儿涨红了脸。

"看这儿,看这儿。还有好吃的呢。"娟儿急中生智,老人把脸一转,嘴张开了。

粥,秀娟儿一勺一勺地?着,老人一口一口地吃着。

秀娟儿始终一腿跪着,一腿立着。眼看着碗里的粥就剩一口了。我替秀娟儿松了一口气。

可最后一口,才放到嘴里,还没打愣,就"噗!"地一下混着老人口里的黏液冲了出来! 把秀娟儿的头发、脸、衣服喷了个正着……

这还不算,老人还满嘴抢着"妈的""姥姥的"等等无法入耳的污言秽语。更可怕的是老人家还舞动着两个拳头朝侍候他的娟儿的脸上、胸口,乱打……

我当时又气又怕又伤心,打心里头替秀娟儿委屈……

"我爸不老这样。有时也好着呢。很听话的。你看咱老爸的头,还有这下巴,怎么样? 够干净的吧。这都是我的杰作呢。"情绪好转的老人眯着眼使劲点着头。

"我爸有时说话小孩儿似的,特逗! 能笑得你肚子疼! 高兴时还咿咿呀呀给你唱'东方红'……"

秀娟儿手搭在老公公肩上,说话的语气就像说着自己的孩子。

我瞟了一眼院里的晒着的两大溜儿,皱了皱眉"这也都是你的'杰作'吧?"

"那当然。一早儿撤换下没顾得洗,下班回来刚弄利落。"

我趴在她耳边说:"多骚气儿呀!"

"嗨,谁不拉屎尿尿(sui)呀。"

瞧她说话的那个模样,哪像是给人刷屎垫洗尿片的,整个一个给人插花抹粉儿的!烦闷之气丝毫没有,反倒一脸灿烂、一脸幸福!

时间一晃就是四年。

五月的一个早晨,也就是五点钟吧,我刚起床。电话突地响了起来。吓了我一跳。

还没顾得看来电号码,那头就传来了"呜呜"地哭声。

我急急地"喂喂"了好几声,才从呜咽中听出是秀娟儿,从断断续续的抽泣里弄明白,是她86岁的公公去世了……

二姐的往事之一

二姐,在家排二,是错不了的,无论是兄弟姐妹大排行,还是姐妹之中的小排行,第二的地位是撼不动的。

老二有什么好?俗话说:老大憨,老二精,老三老四不憨不精混合型。

老二,聪明呀!

姐妹兄弟五个,姐仨哥儿俩,她是老二,她上面只有一姐,她手下有两弟一妹呢。

当姐好呀,当姐有权利。背筐打猪菜,姐,行。扫地刷碗,姐,正对劲儿。烧火做饭,姐也能替妈妈,弟弟手笨,妹太小。

晌午饭,紧张。妈妈上地干活累,小弟小妹放学就饿,那二姐我就课间操逃跑,回家和面,抱柴火,锅里添上水。第四节课,放学铃一响就撒丫子往回颠儿。点火、洗手、切白菜、炸鸡蛋酱。锅水翻开,一疙瘩面攥在手里,沾水"啪啪"一揪,开锅,点儿水,水再开,就出锅,一锅水揪片儿,就大功告成。

"呱嗒"门一响,小弟小妹就背着书包颠儿不颠儿就进门了。还没顾得嚷饿呢,一碗揪片儿就堵上嘴了。

收工回家,扛着锄头的爸,背着草筐的妈,瞅一眼,脖子脸都流着汗的二丫头,啥话不说,也洗洗手端起了碗。

此时二姐多大?初中一年级、**12**岁而已。

二姐的往事之二

火燎猪毛惹祸端,半宿不回吓破胆

家里猪圈的猪,养了快一年了,还长胳膊细腿,不长肉。

二姐到同学家写作业,出门时歪头一看,人家猪圈里的猪,大头大脸,浑身肉。细一看,而是毛稀又短,肉显得多。

聪明的二姐,计上心来。

二姐回家,抱柴火、刷锅、添水做晚末晌饭。粥熬好了,灶膛里的火苗也熄了。

二姐拿起土簸箕、灰耙子就掏灶膛灰。满满一簸箕,她小心且快步地出了门楼,而后,脚尖儿点地来到猪圈,伸头踮脚儿往里一看,那猪正在圈坑里埋头吭哧呢。

二姐心头一喜，双臂一抬、两手一掀"哗！"满满一簸箕、冒着红火星儿的灶火灰就瀑布似的泻在正聚精会神埋头苦干寻找食物的黄毛猪身上了。

"嗞——啊——"一声惨叫，震响一条街！

一团烟、一团火，如推上电闸的马达一般，疯狂旋转，而后一个跳跃，就蹿上了一米来高的炕上，这原本是要走两步台阶的呀！而后一个转身，跳下，又一个跳跃……那猪血红着眼珠子，恶狠狠地瞪着早就吓蒙了二姐。

一股股燎毛子味夹杂着皮肉烧焦的糊味，很快飘了半条街！

扛着铁锨收工的二姐她爹，一拐过胡同还没到家，就明白了。举着铁锨，就奔端着水盆泼猪的二姐去了。

二姐一看，"咣当！"盆子一丢，脚丫子一蹦，身子一拔就上了墙头！让举着锨的父亲追了半天也没打着。

二姐闯了大祸，躲在柴火堆了，半宿都没敢回家。直到大姐出来喊，二姐才蔫不出溜进门、钻进被窝儿。

那可怜的猪，浑身焦痕，别说长肉，能保住命，挨到大红门肉联收购的那一天，给了个"等外"处理价就不错了。

二姐的往事之三

工棚连营起大火，二姐舍命救同年

20世纪60年代末，也就是二姐上初中二年级。学校响应党的号召"学工、学农、学习人民解放军"，组织初二学生参加冬季农田

水利建设。就是到大兴县(后改成大兴区)长子营公社修整凤河,俗称,"挖河"。

初二年级六个班,300多个学生老师一起出动。背着被裹卷儿,拎着脸盆、胶鞋、扛着铁锹、排着队、举着旗子、唱着歌儿,就出发了。

30多里地,走了一个上午,近三个钟头,在晌午饭前,赶到了……

再看,那些出发前儿举着旗子唱着歌儿的同学,早蔫儿头耷了膀子,一棵老阳儿晒得蔫草似的了。

二姐可不是,精神着呢!敲着搪瓷盆"打饭去了喽,打饭去喽!"三蹦两蹿就奔那飘着饭味的大棚去了。

啥饭?黄窝头,白菜汤,照饱了吃!

这在家是不可能的。家里每人都有定量,得悠着点,否则,到青黄不接的三四月份,弄不好就得挨饿。这是老妈妈说的。

吃完饭,住哪儿啊?蛮荒野地的,除了麦地就是河沟子。

搭工棚。沿着河堤,放着一堆一堆棒子秸、树杈子呢,走近一看,还每堆上放着一块白色大塑料布。

老师把同学十个人一组分好,抱棒子秸,抬树杈子,罩塑料布,在老师和村民的帮助下,一个像模儿像样儿的工棚建好了。河堤上刚才还是一堆堆柴火呢,现在魔术一般立起了一排排金字塔般的工棚。

工棚,五人一个。学生们兴奋得手舞足蹈,你钻她的,我钻你的,被卷一撂,就迫不及待地打起滚来。

"同学们,从今天晚上开始,我们一起睡觉,一起起床,一起吃饭,一起劳动,我们就是一个不可分割的集体了。大家听从指挥,不许私自行动!"校长面容严肃,话语铿锵。

天真冷啊！野外的风明显比村庄里的大,把工棚吹打得呱嗒呱嗒地响。同学们挤在棒子秸联成的通铺上,又冷又害怕。老师给的蜡烛,早就熄灭。有的提议点一点,暖和暖和。老师嘱咐的话仿佛就在耳边:"统一熄灯！"

二姐睡在,东边最后一个窝棚。

"像什么?当然像窝头。像窝头,理当叫窝棚。"

老师同学都工棚工棚的说,只有二姐,窝棚窝棚的叫。

二姐兴奋,躺了半天也睡不着。熬到半夜,十一、二点钟,爬出窝棚,还没站起身儿,就闻见做饭烧柴火的味儿。

二姐一个骨碌站起来,往西一看:可了不得了！西头窝棚着火了！火苗子正顺着窝棚往外蹿呢！从里往外还不算,还借着西北风往东燎！

"着火啦！着火啦！"二姐扯着嗓子喊,恨不能把喊声变成雷！

快跑呀！男的、女的、老师、学生,拽着衣服的、扯着大衣的、抱着被裹的,都光着脚丫子吓得直哆嗦。

火,像魔鬼一般,从西向东席卷而来！

二姐疯了！

人家都在躲火,生怕被火烧着、撩着、烫着,她却疯魔一般一趟趟,冲进冒着烟,燃着火的窝棚,喊着、拽着、扯着、揪着窝棚里吓傻、吓哭的同学……

火,熄灭了。疯狂的火蛇,终于一气呵成把毫无反抗能力的草窝棚,全部干净彻底地吞噬了……

300多位老师学生,除了被褥,无一损伤。

再看二姐,累得喘着粗气的二姐,正弯着腰低着头,双手揪扯着烧焦的头发嘟囔着"这回不用烫头发了"。

二姐往事之四

北京抻面好吃，首钢宿舍飘香。

二姐脑瓜聪明，什么活一看，就八九不离十地记在心里，而且马上着手实施了。

做活，纳鞋底做鞋帮，一两天就一双鞋。

串盖帘儿，一捆高粱秆儿（高粱穗下端一节），剥干净皮儿，大针一拿，麻绳一穿，腿一盘，"噌噌"横一连，竖一串，最后挥起菜刀"咔嗒咔嗒"沿着画好的圆圈儿一砍，一个平平整整秀秀气气的盖帘儿就做完了。

包饺子、抻面条更是手拿把攥，小事一桩。

二姐在首钢上班，在首钢什么地儿？迁山呀。迁山在哪儿？河北唐山呀。

二姐先在石景山首钢总厂，后调入迁山矿区。

那里北京人少，唐山人多。

二姐嘴快，爱说，手快，爱干活，心快，爱帮助人，调入不久，就大名鼎鼎了。

"二姐，听说您会北京抻面？"同事聊闲天儿。

二姐就高兴得认真了。

"啥时候让我们尝尝？"另一个打着哈哈。

"对！对！"另一个帮着腔。

"这还不手到擒来！"二姐得意。

"明天怎么样?!"围上来的人起哄。

"明天就明天!"二姐犟劲儿上来了。

第二天,人家也许早把这事丢到脑后了。

二姐一大早,就敲人家门,张啰和面去了。

抻面,关键是和面、饧面,面揉得好、饧得面到,抻出的面条,才地道!

她们,哪里知道啊!

拿盆儿、面、倒水、揉面,二姐,一家儿、一家儿地给那些想吃北京抻面的同事家,和面。

晌午,下班铃一响,二姐又忙兔子似的给人家揉面、擀面、切面、甩着胳膊给人家,抻。和早上一样,一家挨一家,临了,最后一家了,抬起腕子一看表,一点半都过去了,快上班了,自己还没吃饭呢。赶紧回家,啃块凉馒头,喝口热水,走人。

桂兰妈

"桂兰妈一宿没回家!"

"听说昨儿吃过早饭就出门儿,没回来!"

"你说这大冷的天儿,能上哪儿呀?"

"可不是,七十多岁的人,怎么好呦……"

这是1978年那个冬天,北风呼啸的腊月初九的午夜。

北京大兴一个永定河畔的村庄,家家户户都亮着灯,都没有安睡,都在说着一件事——桂兰妈丢了。

男人们骑车的骑车,赶牲口的赶牲口,能跑的跑,能绕(rao)的绕,以村子为轴心向周边辐射,村头、地边、田野、大道,此起彼伏"桂兰妈——""桂兰妈——"

全村人从七八十岁的老人、到刚上学的娃娃,都腿在走,眼睛在看、嘴里打探着:

"您看见过一个七十来岁、穿着青色大襟儿棉袄、拄着拐棍、白头发、小脚儿老太太了吗"。

"您碰见过一瘦瘦的,瘪着嘴、拄着棍儿的老人了吗?"

白天队里出工,人们边干活边商量着法子,收工不用安排,自动结帮搭伙立堡、王庄、辛店地寻找。田野、河沟、树林、河畔一切可以想到的地界儿旮旯都过眼过脚儿。

一天过去了。一夜过去了。一天没信儿,一夜还是没音儿……

张桂兰一家急得流泪。全村人着急得抓心。

村里的王书记更是眼睛急得通红。又是一个深夜,书记独自一人骑车寻找。小路走尽大路走,大路下坡,拐小道,也不知走了多少条路,拐了多少弯儿,终于在房山县地界儿的一个村庄打听到了一个好消息——五天前的夜里,村的稻田里确实有一个老太太躺倒了。

王书记喜极而泣,仿佛寻找的是自己的亲娘。顾不得寒冷、顾不得身份拉着异乡人直奔而去。

三间土屋,暖暖的灯光,一铺土炕,一张炕桌,端坐着一个白发老娘——

"大妈——"一米八的汉子泪花闪闪,满头白发的老人泪水湿襟……

"那天我去地里搂树叶,忽然听见有人哼哼。开始以为听错了,谁在这大冬天上地来呀。后来仔细一听,没错。就开始踅摸,才发现马路沟里躺着一个老太太,头发粘着草,脸上流着血。我过去扶,问她去哪儿,她说回家。可又说不清。就把老人扶家里来了。"一个十七八岁的小伙子说。

"多亏了这个孩子啦……"桂兰妈扬起满眼是泪的脸感激地说。

"桂兰妈回来了!"

"桂兰妈回来了!"

全村人如同过年一般你告诉我,我转给你,快乐得如同自家的喜事。

2012年冬,村庄拆迁,整体入住社区。社区大厅里举办了一个盛大的宴会。

村里的老书记来了,村里的张二叔、王大妈、赵婶儿等全村老少二百多人。不是谁家娶媳妇,不是谁家聘闺女,是张桂兰的儿子为一百岁的奶奶庆寿!

举杯,干杯! 干杯,举杯!

"奶奶。您还认得我吗?"一位红光满面的男人快步走近了百岁寿星。

"认得!认得!我们全家都认得呢"桂兰妈拉着男人的手,笑得满眼含泪。

老味儿

一个黄叶飘飞的傍晚儿,老爷儿将西沉前最后的余晖,倾洒了下来。高楼大厦、平房矮舍、宽街窄巷、粗枝细草,跑着的车、走着的人,都被它恢宏的光芒浸染得金灿灿的了。我的小店儿也是。

"阿姨,您还在这儿呢!"一个黄发披肩的女子跳跃着进了屋。

"你?"我抬眼打量着身穿牛仔服、脚蹬大马靴的摩登女郎。

"嗨!大姨您不认识我了?我从前在这儿念书,一天跑您这儿八趟呢!"哒哒哒,她好似爆棒子花儿的。

"噢!我想起来了,原来是你这丫头。"我使劲拍了一下脑门"瞅我着眼睛。变了,变了!不敢认了"。

"闺女,闺女有顶针吗?"

"有,有。"窗外传来一声含混而耳熟的声音。我赶忙应着跨出柜台。

满头白发的张大妈拄着拐棍立在台阶下。"大妈您坐,我给您拿去。"我伸手将年近八旬的老人扶到圆凳上坐下。

张大妈住在村南头儿,离这儿可不算近,骑小三轮也要小半个钟头。

像张大妈这样大老远跑这儿,买不买东西来坐会儿聊会儿的老人,每天能有好几位。

一家小店儿,烟酒糖茶、针头线脑、纸张笔墨、跳绳、毽子、羽毛球五花八门,是个十足的杂货铺。一开十五年,时至今日仍坚守着"三尺柜台"的老模式。

五年间,眨眼的工夫,小店的左边就今儿出一个大超市,右边明儿也相跟着冒出一个自选市场。

我的小店,我就像洋灰板缝中,夹着的一棵草。小店一天天开着。客人虽说不多,但生来不知着急的我,该笑还笑。进一个客人:您需要点儿什么?走一个客人:您用什么再来。一张笑脸,两句用语,既成了口头禅,又成了"职业病"。

近些日子,忽然发现,我忙了起来。两句用语、一张笑脸有些应接不暇了。

"大姐,您这屋的味儿,真好闻。"一个大个,大脸,大光头、大墨镜、手腕上画龙的男人,在不大的店铺里转悠。

此人一进门,只一瞥,我就知,来者不善。心里再不待见,但也不能得罪。

"好闻?!乱七八糟的有什么好闻的?"我带着一丝笑应付着转过脸。竟然发现,那不善之人,眼里闪着一缕柔柔的光亮!

"大姐,我一进屋就闻见这味儿。特好闻!特熟悉!在我很小很小的时候,就闻到过这味儿。那种老味儿,那种只有老店才有的味儿。呦!我想起来了。我小时候,我妈也开过您这样的店儿。"

老 道

老道之所以叫老道,不是因为出家,而是因为他光头大脑袋胖脸胆子厚嘴唇像个老道。而他还说话呜哩乌涂像含着半拉(la)馒头,村人送他这一雅号,纯属贬义,大有戏谑之意。

老道家穷,兄弟五个,姐妹仨,他排行老大。一件大褂穿四季。一个光头顶一年。为啥?省钱!

弟结婚了,妹嫁人了,爹妈一发丧,他一个人就过起了"一人吃饱全家不饿"的光棍日子。这日子一晃,就是七八年。

40岁那年,一位邻居将山里的侄女带来与他成亲,他总算有了个家。第二年,儿子也有了。原本以为好日子就算来了。不料想,两口子动了一次手,就离了。三岁的儿子也跟着她娘走了。

离就离,走就走,光棍的日子接着过。生产队赶个毛驴车,挣点工分也算吃得饱冻不着。

不曾想,九十年代初,公社解体,大队解散,老道赶着的毛驴车,被一个人抓阄儿,抓走了。抓走就抓走,反正也不是他的东西,原本就是大伙儿的。

可堵心的是,抓走毛驴车的偏偏不是别人,而是带着他儿子的老婆后嫁的那个!那个凭个关系、在眼前儿盖房、眼皮子底下娶他老婆的那个"外来户"!

这事,谁赶上不窝火呀……

白天想着闹心,黑夜想着折饼。夜里睡不着披衣下炕,还没出门就听见孩子哭。再一听,那声音还有些耳熟。紧着出门一看,原来是五岁的儿子蹲在大门外。

抱进屋,塞进被窝,煮碗面卧上俩鸡蛋,孩子不哭了,他心里热乎了。

老道热心,这是村里人公认的。谁家赶上事,娶媳妇聘闺女孩子满月老人去世,甭管谁家他都去烧火煮面。而且在这过程中琢磨出道道:谁家办事用的桌椅板凳锅碗盘子基本上都是借的,而搭大棚的竿子、苫布更是不好找。于是乎,他心里就有了主意。

第一,把所有的钱赅搂赅搂(赅搂,意为"搜寻"),第二,就迈脚进合作社了。锅碗瓢勺桌子板凳,以及杆子苫布,不到一天就置办齐了!

儿子回来了,他过日子的心劲儿高着呢!

"租赁"牌子一挂,不用找不用叫,四坊八邻就奔他老道家来了。娶媳妇聘闺女儿,桌椅板凳订,到日子误不了。老人匆匆离世,杆子苫布开车拉,也抓不了瞎!这在餐饮业不发达的90年代,让赶上事的村里人,就有了着靠(着靠,意为"依靠")。

费用,您瞧这给。谁家老有事呀!可说是说,老街旧坊的谁的东西也不是风刮来的,给个三百二百的也算用的心安。

这一来,老道爷俩过日子的钱就有了。

儿子念书,念到哪儿,爸就供到哪儿,念好了书,比什么都有用。

"唧唧复唧唧,木兰当户织……"过去三四十年了老道还记得《木兰辞》呢。

儿子真争气,中学、高中、中专一路念下去。中专一毕业,还考了军校,当了兵,专业回来又进了派出所。先是刑警队员后是派出所所长。这一切,不说,只喜在他、被人称"老道"的心里。

2007年村里闹拆迁,老宅夷为平地,"租赁"买卖结束。

2012年,他和儿子儿媳孙女入住新小区住新楼房。一家人楼上楼下甚是方便。

"嗨,听说了不,那位赶你驴车的人死了。"

"暴病。"

老道听了,没说解恨,却心里一动。

"儿子,过去看看你妈。"

栗 子

他大学毕业,没去找工作,而是自谋职业干起了个体,说个体其实也不算,说是街边摆摊更合适。

卖什么?卖栗子。闹市街区支上锅灶,卖糖炒栗子。

他,一米七八的个头,不胖不瘦、一头黝黑的短发,不长不短,微红的脸堂,有棱有角。街头一出现,谁见着,谁说可惜。而他自己更是觉得委屈"理工科毕业呀!"可,这是母亲的主意,他,不能不听!

他卖栗子,栗子不去离家不远的市场批发,而是要到百十里地的山里一个叫栗子谷的小山村里去收。母亲说,栗子就那里的正宗,山好、水好、没有污染。

每次去收,他都要在村里住一夜,而这住处,也是母亲指定的。一棵老栗子树下,三间石头房,张姓。

他第一次进山,有些发怵,出了长途汽车的门,就懵了。山高林密,道窄人稀。碰上个人赶忙着打听,终于深一脚浅一脚找到了那个叫"栗子谷"的小村。还没进村就看见了,一棵好大的树!走到近前发现三间老石头屋子。树下坐着一个奶奶,一问,竟然姓张!他心里好生激动,"回家"的感觉悠然升起……

"奶奶,我是到村里收栗子的。我今晚住您家可以吗?"

老人眯着的眼似忽闪了一下,直直地看着他。好像被他的出现吓着了。扶着树站起身,撩开垂在眼前的白发,又看了看他。

此时的天已经黑了下来。

"奶奶,我是好人,收栗子的。"他真怕被拒,几乎是哀求了。

"孩子,跟我回家吧。"奶奶说话了,温和、亲切,就像唤着自己的孙子。

这棵大树真是大,就像一把巨大的伞,把老奶奶家的院子、房子全遮住了!要不是走近它,谁也不会想到,它的枝叶下深藏着一处老宅,一户人家。

老奶奶伸出手,他也伸出了手,二人就像祖孙俩,手牵着手,一前一后进了石块垒的门楼。院子不大,有一只小羊,有三五只鸡,三间石块起脊小房。

推开屋门,奶奶开灯。"一个娃娃抱着大红鲤鱼"迎面而来。虽然那画儿有些陈旧,但那画中的情景,仍生动喜人。

"孩子,你喝水,我这就给你做饭。"奶奶一进屋,就全没了刚才的样子,完全不像个七十多岁的老人了。

也就十几分钟的样子,一碗热气腾腾的面条,就捧在他眼前了。

"孩子快吃!饿坏了吧?"老奶奶边说还笑眯眯地瞅着他。

此时的他,傻掉了,完完全全让他忘记了这是哪里!

他接过碗,碗里不仅有面条,还有两个荷包蛋,还点着飘着香气的香油……

栗子,收得很顺利,只花费了一个多钟头,就装满了两个口袋。他知道这是老奶奶的功劳。要不是老奶奶一家一家给他吆喝着,他才不会这么顺呢。

栗子收好了,老奶奶又吆喝着一位乡亲赶着毛驴车把他送到了公路上。

临行前,老奶奶流泪了,他也眼圈红了。

回家后,他把经过向母亲一说,母亲也很激动。

此后,他又去了三次。每次去好像不是去收栗子,而是探亲,是回家看奶奶的感觉。

可当他第四次从栗子谷回来的时候,没看见母亲,而是看到了一封信。信是母亲写的。

原来,他走进的院子,住进的屋子就是他的家!他就是在那个屋子出生的。他喊的老奶奶,就是他的亲奶奶!"小栗子"就是他的乳名。

26 年前,母亲作为知青在怀柔县的栗子谷插队,住在大栗子树下的人家。通过栗子母亲认识了父亲。同在屋檐下,同食一个锅里,又同出同入一起在栗子谷劳动,二人感情逐渐加深。一年后,从恋人升级为夫妻。

谁知,政策有变,知青返城。为了才出生十个月的他,父亲母亲竟然决定分道扬镳。

父亲爱着母亲,母亲同样爱着父亲。父亲在一次开山修路中不幸遇难。母亲得到消息,悲痛欲绝,从此不嫁,独自把他抚养成人。本想携子认祖归宗,不曾想,一年前,体检查出绝症……

安葬了母亲,回到家乡,认了奶奶,住进了父亲的家。

张利,不,应该是张栗,坐在大栗子树下,敲击着键盘,移动着鼠标,栗子谷的栗子就像生了翅膀,飞到了祖国各地。

妈妈打我了

东院的张奶奶,好几天不吃东西了。

屋里屋外的人们紧着忙活着。

可作为长子的张叔几天来却什么也不干,从早到晚守着张奶奶,不仅如此手里还总攥着母亲长长的烟袋不松手,还时不时地往母亲的手上塞、嘴里放,嘴里还嘀嘀咕咕跟母亲说着话,尤其是夜间没人的时候。

今年78岁的张叔,平是和村里人不大合群,总是一个人独来独往。可遇到谁家有个大事,尤其是谁家老人过世,一请,他准到。舞文弄墨的事,没别人。虽然他沉默寡言不苟言笑,但在近千口人的村子里,却少不了他的位子。

面对张叔,人们很担忧,真怕平时就很古怪的他再出点儿什么事。可要谁前去劝劝,却没人敢上前儿。人们心里都明白,总是书本不离手的他,不仅有学问,心里的主意大着哪!你看那不紧不慢的动作,不慌不乱的脚步,不由得你不佩服。你看,他又拿起笔在本子上忙活开了。

张奶奶呼吸一天比一天弱,连眼皮也老半天不动一下。可张叔依旧往母亲的手里塞烟杆儿,嘴里仍是叨叨咕咕。家里人几次拿着寿衣都没敢上前儿。

有一天夜里,突然传来了张叔的哭声。众人围了过去。

"我妈妈打我了!"

"我妈妈打我了!"

"近百岁的母亲被儿子叫活了!"一时间传遍了整个村庄!

原来,沉默寡言的张叔,十几年前爱上了写作。面对渐渐老去的母亲,他的心越来越急,越痛……

妈妈呀,妈妈,我到底了解您多少呀?!

写母亲,了解母亲,留住母亲!

于是,给母亲点烟、聊天就成了张叔的主要生活。可就在他《百岁母亲》就要完成了的时候,母亲却困了……

于是,他就轻轻地守候在母亲身边耐心等待……

谁知自己等母亲时,睡着了。醒了的母亲要抽烟,自己不知道,"狠心"的妈妈竟抄起烟锅打了自己的脑袋……

门外响起敲门声

"当当"大年初六的上午,单元门被人敲响了。

声音很轻,要不仔细听,就从耳边划过了。

是谁?我心里有些疑惑。入住小区,可不像过去住村里抬腿就东家西家聊天串门借家伙。

我把眼贴近"猫眼儿",一个胖女人,脸白眼小,发花白,一左一右是两个三十来岁的男女,还有一个牵在手里的七八岁的小女孩儿。女人眼里有光像是闪着泪。

"你是……"我打开门。

"妹妹,你不认识我了?……"女人的泪就滚出了眼角,声音也像沾上了水。

"张强妈!张姐。"女人的声音一下子让我恢复了记忆。

2008年前,村子还没拆,我们两家可是一条马路,路东路西的街坊。虽然不是一个生产队,却也没挡住来往。

张姐比大我八岁,认识她时大概有三十七八岁的样子。

那天我正在街上哄女儿,张强家正修房子。

张姐在房顶抹灰,张哥在地上擢泥沙,然后往房顶上扔。擢泥沙的不慌不忙。锨铲两下,腰直一次。直一次,铲两下。一手拄锨,一手夹着烟,两只眼还不住地在街上逗摸。

"呦,王二叔遛鸟呢。""许婶儿买菜去。"张哥不住嘴儿地打着招呼,偶尔还侃上几句。

"快点扔!"房顶上的张姐冲着侃得正欢的张哥,发急地喊了起来。

张哥把噙在嘴角的烟又狠嘬了两口,极不情愿地弯下了腰。

"腾!腾!腾!"只见张强妈顺着梯子从房顶下来,劈手夺过张强爸手里的铁锨。

"一边待着去!"她用眼使劲"瞅"了一眼丈夫。

张姐浑身是汗,红色的上衣、红色的脸蛋、黑色的睫毛,就连垂下来的头发尖儿上都滴答着汗珠儿。

张姐的眼不大,可也说不上小,一双杏核眼亮闪闪的,可流露出的目光却是这个年龄女人很少见的,或者不该有的。可我又说不清的一种眼神。

只见她用袖口抹了抹脸上的汗,身子一弯,拎起水桶,大步走进院子。很快拎回满满一桶水"哗"倒进灰土堆里。放下桶,抄锨弯腰"嚓!嚓!嚓!"铲、翻、扣,快而有力。而后,端泥、直腰、肩膀一抖,胳膊一抡,"嗖!"一锨泥就甩上了房顶。"嗖嗖嗖"也就三两分钟,就把一堆灰泥甩完了。一个侧身脚入梯蹬儿"腾!腾!腾!"又回到了房顶,抄起抹子,劈着腿下着腰,甩着抹子……

"张强妈让大货车给撞了!

张姐真命大!在医院昏迷了二十多天,竟睁开了眼!

张姐出院后,街坊们走进她家。

推开紧关着的大门,"咣当"不知谁踩着了院中倒地的土簸箕。门前一棵高大的夹竹桃,本该摇曳在枝上的绿叶,绽放在枝头的花蕾,不知为啥飘落在零乱的院子里。

掀开里屋的门帘,一股呛人的烟气扑了出来。昏暗的灯光下,

张强爸怀里抱着两岁的小儿子,坐在沙发上,面前的烟灰缸堆得满满的,屋内烟雾缭绕。

"呦,还没吃饭呢?"看见茶几上摆放着的一袋儿馒头,一盘儿白菜,许婶儿问.

耷拉着脑袋正闷头抽烟的张强爸,听到声音抬起头。看见这么多人进了屋吓了一跳。.

"这……这……你们快坐……快坐!"他慌忙站起身,不知说什么好。

躺在炕上的张姐,听见动静,仰起脸,两颗泪珠滚出了眼泡儿。

"别急!别着急!你会好的。"街坊们急忙上前安慰她。

又过了些日子。

吃罢晚饭的一天,门外传来了敲门声,"当当"的声音还夹杂着低泣。我迟疑地将门打开:

门外,一个瘦瘦的身影,一头乱乱的头发,一双深陷凹地的眼睛,还有一根紧紧攥在手里的、撑着身子的棍子。

"你是……"

在这傍晚时分,面对此情此景我吓了一跳!

"妹妹……"那人一张口,我就认出她来了。

"大姐你……你出来了?"面对着张姐,我真有些懵了。

"我……我能走了……"她口齿虽然有些含混,但挂着泪珠的脸上像是有了笑。

"快……快进来!"我急忙去拉她的手,扶着她往里让。

"不……不进去了。"她连连摇头。

"大姐有事?"此时而至的张姐,我想一定有事需要帮忙。

"我……我……是……"紧张的她越发表达不清。

"大姐,有事慢慢说。"我赶忙安慰她。

"张强……他……他学费……"她终于表明了来意,不好意思地低下了头。

借钱!我心里一沉。

"用多少?"我愣了一下。

"三……三百。"她塌蒙着眼,低着头。

"大姐您等着,我进去拿。"我转身进屋。

"给,三百够吗?"我把三张票子放在那正哆嗦的手里。

"谢……谢谢。"她连连点头。

"妹妹,找到你真不容易呀!"

"可不,一晃拆迁都六年了,我们有十好几年没见了!"

"快!叫大姨!"张姐没等进门就把一男一女两个青年人推到了我的面前。

暖 风

昨天,天气预报说,今天最高气温只有5度。

一早儿,我出门办事。

天阴着,小风儿嗖嗖的,太阳也只是偶尔露一下轮廓。

登上公交车,本来近些日子身体就有些不舒服的我,不知为什么心里又有些翻腾。我强忍着,一站一站地数着、熬着、盼着……想着快点到站下车。

可,就在手里紧握面巾纸使劲捂着嘴、眼睛盯着前方盼着、就

在离我下车还有百米的时候,公交车一个急刹车,不愿发生的、就怕发生的事还是发生了,胃里一直翻腾的东西一下子就喷了出来!

"哎哟!"

"啊!真恶心。"

众人的目光投了过来。我难堪极了。

前排座上是一个打扮漂亮的姑娘,金色的披肩发,粉红的围巾、红亮亮的休闲装,竟全让我给喷满了!

"对不起!对不起!"我难堪极了!赶紧拿面巾纸要给她擦。

"阿姨,给。"一包面巾纸被一只白皙的手举到我的眼前。

"阿姨,您病了?"一双水亮亮的大眼闪着关切的目光。

"对不起!对不起!"那么漂亮的衣服被自己弄得那么脏,心里真是过意不去。

"阿姨,没事没事。"粉红的脸颊上非但没有一丝儿恼怒却还带着一股焦急。

"阿姨,您哪儿下车?"她弯下腰问。

姑娘轻柔的口气让我极为难堪的心情舒缓了些。

终于到站了,我红着脸,再次向那金色披肩发的姑娘道歉。

姑娘只是摆摆手,说了声:"阿姨,您慢儿点走。"

下了车,寒风迎面吹来,可我内心却涌动着一股暖风……

破烂换起灯儿

"破烂换起灯儿——"

天儿还蒙蒙着,大公鸡的叫声还稀稀落落的,上学的孩子正睡着觉,这声音就这么不错点儿地响起了。简直比部队的起床号还准呢。

正伸袖穿着棉袄的妈妈,一个转身出溜到炕沿儿,脚丫子一蹬,提上鞋,一边系扣儿一边就开了门。哈腰拎起锅台边上的小布包,甩着步子就出了屋门。

一股冷风吹来,只三五分钟的工夫,妈妈就拿着一方蓝纸包回来了。

妈妈做饭,爸爸笼火,暖和的屋子,热乎的饭,一切都从一盒起灯儿开始了。

起灯儿,就是火柴,也称洋火。

换起灯儿的是一个老太太,弯着腰,背着筐,挂着一个小棍儿,小脑袋儿、白头发,梳着一个小纂儿,耷拉在脖颈儿。几根儿白头发一哈腰就垂在眼前儿,像帘子似的遮着她皱皱巴巴的脸。直起腰一招呼"破烂换起灯儿——"几根儿白头发就借着风扬起来,像毛毛草迎风飘飞。穿在身上的大襟袄也被风吹得呱嗒呱嗒的。

妈妈说,那老太太是村南头八队的,姓杨,无儿无女,是个五保户。新中国成立前有过儿女,都病死了。本来大队是要把她送到养老院的,可她说,自己能动,还是靠自己舒坦些。

"破烂换起灯儿——"一听见吆喝,村里人就知道换起灯儿的老太太来了。不用招呼,一准拎着昨晚儿赅搂(gai 三音 lou 四音。赅搂,意为:收拾寻找)出的破布头烂鞋底走出家门。

换起灯儿,不用问价儿,任老太太给。有时觉得给多了,还要扔回老太太筐里。其实,合作社卖的起灯儿比这便宜,可老街旧坊的都愿意拿着破烂换老太太的起灯儿。

老太太,见天儿吆喝,一声声"破烂换起灯儿——"总是赶在人们刚起、要做饭前儿。她想着人们出工上地一走就忙一整天儿,就早清儿这会儿家里有人,起灯儿谁家也离不了。一早儿起来忙忙乎乎抱柴火刷锅放水熬粥,拿着起灯儿盒儿,空了,一根起灯儿

也没有,不就抓瞎着急吗?!

"破烂换起灯儿——"除了下雨落雪天儿,街上哪天这吆喝也少不了。

墙

五月,镇里动员拆迁,九月,村里就没几家了。

张婶和王大妈是街坊,隔着一堵墙,墙东是大妈,墙西大婶。几十年来,好得跟姐妹似的。墙西递豇豆,墙东传大葱是常事。

可最近,谁见着谁都扭脸。为啥?为墙!

想当年,王大妈嫁到京郊刘村王家才一年,就把娘家村里的小姐妹介绍给了张叔并很快成了张婶儿。

王大妈要强,张婶儿争气,在生产队比着干活,比着挣工分儿,在家比着生孩子,比着过日子。王大妈仨儿俩女,张婶儿俩女仨儿。原本村东村西的两家,一高兴就向村里要了同一块房基地,做了邻居。买砖买木料一个厂子,请瓦匠木匠,是一拨的,临了,两家那道墙还是共同的砖灰砌的呢"什么你的我的都一样。"

而今,可不一样了! 一堵墙,长十八米,高一米八,宽二十多厘米,拆迁补偿每平方米一万来块。王大妈心里扒拉算盘,张婶也坐在家里打着小九九。

谁先搬走,谁吃亏!

一堵墙,隔开两个家,堵住了两颗心。

借墙盖房。

王大妈拉来了砖,张婶卸了灰。墙东盖房,墙西置屋。墙东抹灰刮腻子,墙西也抹洋灰亮屋子。瓦匠抹着抹着发现墙壁上有拳头大的一个洞,墙东唤大妈,墙西叫大婶儿。

王大妈歪着头,张婶儿眯着眼。王大妈手伸进洞刚刚好,张婶儿手伸进去有点儿松。房子把墙遮住了,墙少了阳光,洞也少了光亮。墙洞里的手,一伸一进,一大一小,先是碰后是握,最后,俩手心,都湿了……

不久,迁拆人员就进了张家、王家。

再后来,新楼区五号楼里就走出了王大妈和张婶儿,有说有笑的,就像老姐儿俩。

亲上加亲

"听说了不,张凤仙嫁给了刘福!"

"还真是没想到。啧啧……"

要说一女嫁一男很正常。可撂在这俩人身上,就成稀罕了。

为啥?那话还得从 30 年前说起。

想当初,两家是东西院的邻居,那架打得,不说三两天就一场,也得十天八天就一回。

张凤仙是谁?村里一枝花,嘴碴子是一霸。

刘福?老实,三锥子扎不出一个屁来。刘福老实,他老婆跟张

凤仙比起来也不是吃素的。所以这架就有的打了。

大公鸡一宿没回家，骂，站在房顶上骂！一骂，还甭说，大公鸡就回来了。

狗丢了，骂，站在墙头上，骂它个半个小时不重样。嘿，还真没白费唾沫，狗也回来看家了。

张凤仙有一个闺女儿，刘福有一个儿子，两孩子是一年儿的，都属兔。打小就在一起和泥、踢毽子。七岁，又一起报名上学，分在了一个班里，成了同桌。

按说，东西院住着远的不说，也有二十几年了，不说跟亲戚差不多，也不该一见着就仇人似的，谁见着谁都黑眼疼。

张凤仙和男人养了五个闺女儿，个个水葱似的。

刘福和老婆生了四个儿子，都像爹，个头不高，还长得矮瓜似的。

老辈儿有这么一个说法：不孝有三，无后为大。闺女儿再多再水葱似的，也是脸冲外的人，早晚是泼出的水，嫁给别人。儿子再不济，也是儿子，也是传宗接代的"根儿"。

老刘家生儿子，是人家的事，你张凤仙养女儿是你自己家的事，也怨不得别人。可她，张凤仙就是心里有一股火，好像她生女儿是人家念得咒，人家生儿子是诚心气她！她一个闺女儿落地，刘记一个小子出生。二一个又是丫头，他刘记，又是一个小子。一、二、三、四、五，八年，她张凤仙生了五个丫头，东院九年添了四个小子！

东西一道墙，想躲都躲不开！掉个家伙、放个屁都听得真真儿的。你说这不气人吗？这不堵心吗？

其实，公鸡不回家，是在哪树枝上落着呢。大黄狗没回来，是跟哪儿家狗厮混去了。她门清着呢。可，她就是想骂，就想着找碴儿出口气,发发火,要不然得憋死。

她一骂,刘福老婆就往外蹿,还没开口,就被矬墩子刘福扯屋里去了。好几次都看见刘福老婆气得屋里哭。一边哭一边捆打刘福。要说刘福也怪窝囊的,前胸后背的就任他老婆捆打,有时连脸都挠花了,也没见他还手。

张凤仙心里明白,要不是刘福拦着,她张凤仙还真不是个!那女人一百斤的麦口袋,一抄就上肩,"噔噔"几步就登上粮囤,大老爷们也看着瞪眼。

张凤仙的男人在城里"五建"当工人,每月能挣现钱,这在村里挺骄傲。可家里家外的活,根本指不上。可就在男人快退休的档口,出了事,从十几米高的脚手架掉下来了,脑袋撞钢管上,没抬到医院就没了呼吸……

单位给了抚恤金,好不容易把五个丫头拉扯大,四个嫁了人,就老五这丫头不省心,堵心窝火,睡不着觉!

她和东院刘福的四小子好上了!

"你说那小子有啥好的?"

"我喜欢!"

"咱家跟他家有过节儿。"

"那是你们大人的事"

"我不同意。"

"又不是你结婚。"

"我……我死都不同意……"

她真就好几天都在炕上躺着。就这也没拦住五丫头。

婚结了,刘家的四小子成了她的老姑爷儿。

2007年村里闹拆迁,打了几十年的两家,终于分开了。这一分开,就真的分开了。刘福的老婆,住进新楼的头一年,查出了癌症,

没过年儿,就走了。

刘家四个儿子,四个单元门,张凤仙,五个闺女儿,五个家。

刘福一个人,守着一个两居室。

张凤仙一个老婆子,住着两居室一套。

刘福,75(岁)了。

张凤仙,69(岁)也快70(岁)了。

他想着她,孤苦伶仃。

她惦记他,这么些年不容易。

一盆肉丁炸酱,刘福让张凤仙尝尝。

一件羽绒服,张凤仙拿给刘福试试。

丫头老五,高兴。小子老四兴奋。

于是乎,"村花张凤仙嫁给了倭瓜小子老刘福"成了小区一特大新闻。

青花瓷

昨夜11点才随夕阳红旅游团下榻乌鲁木齐的酒店,老李今早儿还没等太阳冒头就出酒店门了。

遛早儿,是老李几十年的习惯,以前是没目的地溜达,自从潘家园古玩市场一溜达,就有心计。这不,一猛子就遛到新疆来了。

临行前,街坊老张很羡慕:"行啊,老李,好日子啊!"

"在家闷,出去转转。"老李很是低调。

老李一路都低调,不是看书,就是读报,给人感觉有些萎靡可今早，60多岁的人就双脚稳健，两眼放光了。

街静。只见三两个遛早的老人。老李迎上一位，问明路线，谢过就走。没走三二百米就看见冒着香气的市场了。

老李进市场，表的时针刚指向5点。老李的脚步放慢，两眼却忙了起来。突然，老李的脚步快了！好像发现了什么。只三五步，就停在了一个摊位上。

一个老头儿，灰衣灰裤戴旧草帽。他不卖苹果，不卖梨，也不卖新疆大枣，面前就摆一个坛子。

老头坐在一块砖上，似睡非睡。老李蹲下身，看了一眼坛子，就不由得伸出了手。老头没有动似乎真睡着了。

"青花瓷？"老李开口了。

老头好像醒了，似是而非地点了一下头。

"多少钱？"

老头伸了一个懒腰。

"50？"

老头似乎脖子有点酸，摇了摇头。

"500？"

老头的脖筋似乎抻开了，用力点了一下头，同时，眼也睁开了。

老李从怀里拿出钱包"唰唰唰"抽出五张给了老头，回手就从兜里掏出布袋把坛子装了进去。

此后，老李就借口身体欠佳，守在了客车上。

第12天，老李终于回到了北京城。

次日一早儿，老李就进了潘家园。往常一进市场，老李就王老板、赵老弟吆喝着，今天人家招呼他，他好像没听见，一个劲儿往前走。

老李走了差不多一条街,终于走近一个铺面。

还没等他打招呼,屋里的人就说话了:"有些日子没见您了。"一个白发老者迎了出来。

"出去走了走。"老李脚步似乎有些犹豫。

"有宝贝?"老者面露喜色。眼里放出光彩。

老李脸露羞涩,嘴张了张竟没发出声儿。

"快拿出看看!"老者察觉出自己猜得不错,有些兴奋。

老李挪着脚步,轻轻把布袋放在柜台上。

一尺来高,大肚儿小口儿,黄白色的身儿,深蓝色的花儿,花儿枝花儿朵都鼓凸着。细看那黄白色的身儿,还有一道一道密密麻麻的小蚂蚱口儿……

白发老者拿起放大镜。先坛沿儿,后坛身儿,看过花儿,又再察枝儿,而后,盯着小蚂蚱口儿,瞅了老半天。最后,落眼坛底,摇了摇头。

一旁的老李,不眨眼地盯着老者的手,盯得自己心里直"砰砰"响……

当最后看到老者摇着的头,老李的脸,就白了……

老者一见,赶紧扶他坐在柜台外的沙发上"老弟,不至于的,不至于的。"边说边拍着老李的肩头儿。

老李打起精神,喝了一口老者递过来的茶。有一搭无一搭地同老者聊了会儿,而后找了个茬口儿,扭身回家了。

一进门,老李就把布袋塞进了杂物室。

隔日,老伴看到"青花瓷"很喜欢,就顺手洗洗擦擦,放在了客厅的角柜上。

老李蹿火,恨不得摔碎了……

一天下午,老张来了:"我说老李呀,怎么旅游回来就不出门了？我这些日子可憋坏了！来来快杀一盘！"没等老李反应就扯过椅子,拿出棋子在桌子上摆开了。

老李愣怔着从沙发上站起:"你这家伙,打鸡血了,这么大精神。"

老张哈哈一笑,捏起了一个棋子"当头炮！"

老李只好打起精神应战。第一盘,输了。第二盘,也输了。这在以往可是少有的。

老张有些得意,眼光无意间落在了角柜上:嘿,罐子,不赖！"说着就奔角柜去了"养两条金鱼正好！"

"喜欢就拿走。"老李顺水推舟。

"怎好夺人之美！"老张还没等自己的话音儿落下,手已经把那罐子拿起来了。"多少钱淘换的？"

"瞧你,客气了吧！咱老哥俩还说钱！"老李执意送出去！

"青花瓷",从老李眼前消失了。

两条红色的"龙睛"入罐,老张得空儿就看鱼游弋嬉戏。

周日,老张的儿子携妻带子回家,瞥见桌案上的"青花瓷":"爸,够样！哪儿来的？"

"你老爸这鱼不错吧！"老张面含骄傲。

"爸,我看这罐子不错。拿我那儿鉴定鉴定？"儿子是电视台鉴宝栏目的工作人员。

"你这小子,别拿你老爸开涮！"老张斜了儿子一眼。

"凑凑热闹呗。"儿子做着鬼脸儿。

周五有鉴宝(栏目),老李按点收看。三年了,没落过空儿。

节目开始了。一个熟脸儿晃了一下。

老李揉了揉眼:没错,是老张。

青花瓷。康熙官窑！

老李血压升高,心跳加速……要不是老伴发现的及时……

次日,老李如一摊泥,偎在床上。

迷糊中一个耳熟的笑声传来:

"老李,快起来咱哥俩杀一盘!这回,咱得玩真的!"

老张没等话落地就一手放下罐子,一手晃荡着棋子进屋了。

三分钱

"那是40多年前的事。"母亲刚一开口,眼里就起了雾水。

"你哥10岁、你7岁、你弟4岁的,你爸走还不到一个月。前院的张婶儿说她明天去固安赶集,问我去不去。我说去。说完之后我心里就开始疼……

你爸活着的时候,会刨(绑)笤帚。出工前、晚饭后,一早一晚你爸得空儿就抄起高粱穗子,刷锅的、扫面的、扫炕的、扫地的,大大小小的笤帚屋里、院里总是堆着。固安县的"三、六、九"的大集日,你爸就没错过。

你爸一走,屋里屋外,除了咱娘儿四个,什么也看不见了……不光这样,还欠下近一百块的饥荒。而那时生产队干一天活,10个工分还挣不到3毛钱。

盐罐儿,空了。

外屋房梁上吊着两捆烟叶,金黄黄的。这是你爸的。每年春天你爸都在房后用秫秸夹个篱笆圈儿,栽上两沟烟苗。十几天后烟苗长大,烟叶长到两个手掌大你爸就开始一片一片掰下,然后用

绳拴好一叶,换回五毛钱。

你张婶儿,卖了烟叶,有了钱。

我盯着空荡荡的街。

张婶儿去了副食店,买回了两包盐,一斤一包,一包三分钱。

她一包,我一包。

这事,已过去 42 年,80 岁的母亲记忆犹新。

三婶儿轶事之一

晌午收工,三婶儿一进门,撂下背筐就忙着洗手和面。择豆角、洗黄瓜、切肉、炸酱,一通忙。

第一把抻面刚放进锅里,街门就被哐当哐当的脚步震开了。

"妈,炸酱面!"放学回来的儿子脚还没迈进门槛儿,人还没见着影儿,就抻着鼻子闻见了肉丁炸酱的味儿。

"洗手,拿碗盛——"三婶儿的话儿音还没落呢,三个闺女儿也背着书包进院了。还得(dei)说是闺女,不用支使就知道放下书包进厨房帮妈看锅、打水、挑面了。

一锅锅面眼看抻完了,一桌芹菜豆角菜码也吃得差不多了,三婶儿将面盆里抻面剩下的面头儿团在手里,沾着水就往锅里揪。三婶儿将抻面变成了水揪片儿。"面硬抻不开了。"

三婶儿端下锅,刚坐桌边儿拿起碗还没把揪片儿盛进碗里,一个身影就侧(zhai)歪着进门了。

"他三婶儿,给我来碗面汤喝。"东院的张大娘儿来了。

"快给你大娘儿拿板凳儿。"三婶儿站起身拿起碗就把锅里的揪片儿盛了一大半,而后拨上菜码儿浇上炸酱,端给了有些不好意思的花白头发的张大娘儿。

三婶儿知道,张大娘儿家,又没人做饭了。

三婶儿轶事之二

都一天了,看场院的老杨头儿也没露面儿,撂在往常,三婶儿家怎么也得跑一两趟了。

老杨头儿是山东人,闹灾那年带着一家老小离家逃荒,不曾想道儿上染上了伤寒,一家四口就剩下了他一个……

来到这村,村主任看老杨头儿可怜就让他在打麦的场院住下了。两间场房,这一住就是十几年。十几年一下来,老杨头儿也就自然成了村里人。

三婶儿家离场院不远,出村过桥也就一袋烟儿的工夫。

老杨头儿眼看七十了,三婶儿家的三叔跟老杨头儿岁数差不多。三婶儿性子好,喜欢联系人,三叔儿人仗义说话也敞亮。串门聊天自然成了村里人的首选。

甭说吃过饭的晚末晌,就是大清早儿晌午头儿上,三婶儿家门里门外都不敢说没人串门聊天。

太阳眼看着落西山了,见天儿点卯报到的老杨头儿,今儿缺席了。

三婶儿觉得有点不对,就招呼三叔儿过去看看。

果然，不出三婶儿所料，老杨头儿病了。发烧烧得起不来炕了。

和面、烧火、擀面、窝鸡蛋，临出锅还点几滴香油。也就二十来分钟的工夫，一碗热气腾腾香气四溢的热汤面，就盛进了小搪瓷盆儿，端在了三婶儿手里，撂在了老杨头儿的小炕桌上了。

三婶儿轶事之三

三婶儿给猪圈里的猪?上最后一舀子食儿，天，就开始下雪了。还没等天黑，雪，就把地盖白了。等三婶儿打扫完猪圈，天大黑了不说，脚下的雪，已经过脚脖子了。

三婶儿放下猪食担子，快步走出猪场大门。

"脚下滑，慢点！"看门的张头儿招呼着。

"知道了。您老也小心。"三婶儿嘴里说知道了，可脚下一点没撒劲儿。

天黑雪大，谁不着急往家赶呀！何况三婶儿家还撂着四个十来岁的孩子呢。

吃饭了吗？家里冷不冷？当妈的哪个不惦记呀。

要说猪场离三婶儿家也不远，顺大道走绕远儿，也就三里地，要是顺着垄沟抄近儿走，连二里地也没有。

大道，三婶儿一般不走，村里长大的人，没那么都讲究，爬坡儿过坎儿不当回事。

三婶儿上了垄沟埂儿，还没等甩开脚儿，就听见有小孩儿哭。

开始以为听错了。等抬起脚儿,又听见了。哭声,时断时续……

"也就一两岁。这荒郊野外的哪来的呢?"

三婶儿踮起脚尖,西边菜地看看,又东边棒子地望望。戳着的棒子秧哗哗啦啦、黑压压,在风雪之夜,瞄上一眼,身上想不起鸡皮疙瘩都不行。

"啊儿啊儿……"孩子的哭声又传了过来。

"对!电井房儿!"三婶儿一拍脑门,就脚从垄沟埂儿出溜下来,一迈腿就钻进了棒子地。

这块棒子地有 50 亩,电井房在西南角上,要是绕地边儿走得多走十几分钟。

听着孩子时有时有时无的哭声,三婶儿哪里有心思绕去呀!头一低、身子一歪,就在没过头顶的棒子地钻开了。什么扎脸,刺脖子,刮衣服全不顾了。至于那飘着的雪,刮着的风,就更不当事了。

呦!真是个孩子呢!不光是孩子,还有一个女人,一个紧紧抱着孩子的女人!

瞅那抱孩子的女人也真够吓人的,大眼珠子瞪瞪着,脑顶的头发蓬乱着,身子裹着一件破大衣。看不出模样不说,还肩膀头儿袄袖子前胸后背地嘟噜着白花花的棉花。说是穿着件棉大衣,还不如说是裹着件棉花套子。

孩子就裹在棉花套子里,露着一张小脸儿,露着一张小嘴儿。小脸儿紫着,小嘴儿张着……合着……张着……哭声,一会儿有,一会儿没有。

孩子的哭声儿明显不对了!可,那女人还在那儿傻坐着呢!

"把孩子给我!"三婶儿火不打一处来,伸手就要抱孩子!

"你……你……"女人吓坏了,把怀里的孩子下意识地搂紧了。

"这大冷的天,不要了孩子的命!"三婶儿愣了一下,好像觉察到自己过于着急了,缓和了一下口气。

原来这是一对逃荒投亲的母子。亲戚没找到孩子却病了……

"跟我回家吧?"三婶儿伸过手。

"不……不啦"女人使劲摇着头。

"那你等着!"三婶儿一个扭身又钻进了黑乎乎的棒子地。

三婶儿推开家门,顾不得丫头小子"妈、妈"地叫,就直接奔了里屋。扯下一床小被儿,掀开箱子拎出一件"棉猴",到厨房拿过大碗盛了一碗粥,这还不够,又从饽饽浅儿里拿出两个贴饽饽,毛巾一包:

"抱着棉猴跟我走!"三婶儿手一指发愣的大女儿。又一个转身出门了。

这事一晃过去 40 来年了。原来 40 多岁的三婶儿,如今已 80 多岁了。这事要不是有人上门找来,三婶儿早就忘得差不多了。

那是一个槐花飘香的上午。三婶儿正在门口槐树下喝茶。一辆黑色轿车"嚓"地停在了跟前儿。

还没等三婶儿反应过来,车子门一开下来位老太太上来就拉自己的手,一个劲儿叨咕着"就是她……就是她……"叨咕的同时眼里还泪巴巴。

三婶儿正懵愣着,老太太还拽过开车的男人一个劲儿地说"这就是你的恩人!大恩人呢……"

三婶儿轶事之四

三婶儿招亲。

说三婶儿快言快语,也不至于自己……

其实你理解错了!不是三婶儿为自己像过去那样抛绣球找女婿,而是给自己的大伯子找媳妇。

三婶儿过门那会儿,大伯(bai)子的媳妇正病着,说是"坐月子"得了"月子病"。可怜的大嫂最终也没逃过这一劫……

就是好不容易养到十个月的男孩儿,也让"白日咳"夺去了……

大伯子是个沉默的勤快人,在家里只知道闷头干活。心里有多大的苦,也自己闷在心里。

那是解放初期,公婆已先后去世,老哥仨没分家,媳妇孩子大人一起过,活一起干,饭一桌吃,睡觉自个儿回自个儿屋。哥仨,哥两家屋里都热热闹闹的。只有大哥耍单儿,三婶儿能不瞅在眼里记在心上?

"我娘家有一从小长大的姐妹……"三婶儿跟正住娘家的大姑婆一提,马上得到支持"孩子我给你看着,大锅里的水我给你烧着,现在你就麻利儿地去!"大姑婆更是急脾气!

三婶儿呢,也是"人来疯"腿脚快。就算娘家就在隔壁,也三五里地呢,再说保媒拉纤儿大小也是个事呀!

嘿!人家三婶儿子的麻利劲儿,你都想不到,大姑婆的一锅水还没烧开,三婶儿保媒就回来了。说,改天见见面,查查黄历选个日子就可以过门了。

你说三婶儿能耐不,自己过好日子不算,还给大伯子娶了媳妇,把自己娘家小姐妹娶进家门,成了妯娌大嫂子!两个从小长大的姐妹,一好,就好了一辈子!

我是你哥

我曾经伤害过哥哥,而且是很深的伤害……

那是30多年前发生的事情,可这么多年家里人谁也没提起过。哥哥也没说过,以至于我的头脑里也好像没有了那段记忆。

姐姐们无意间的话,让我有了回忆。那情景就像一部封存了很久电视剧在我的脑海里慢慢展开:

那是一个秋日的黄昏。我正在用剪子拆一件棉衣服。不知哥哥 为什么用脚踢了我。我一怒,就顺手就给了他一下。他"啊!"的一声就坐在了地上!腿立马就冒出了血……(我可能傻掉了……)

一旁的嫂子扯上块布条在哥的腿上一绕,蹬着自行车带着哥哥就奔向了卫生院。

卫生院没法治让赶快去8里外的南苑医院。而南苑医院却只有"366"一辆公交车能到。车来了,嫂子把哥哥扶上车交给一个乡亲,自己骑着车向着南苑医院猛赶。

哥哥的腿不住的流血……公交车上留下了近一米的血

线……

到了南苑医院,哥哥几乎昏迷了……大夫说,再晚点生命就不保了……

(这是30年后我一再追问,哥嫂才说的)

哥哥大腿处的确有一个疤,那是哥穿短裤时我看到的。当时我没问哥那疤是怎么弄的,根本没想过是自己伤害的。

我结婚时,是哥嫂把我送出家门,一直把我送到五百里外的婆家,看到婆家人对我还好,觉得那是个过日子的家庭,才和嫂子安心回家的。

我的爱人是个退伍军人,户口在外地。一个没有北京户口的人在北京过日子很难。

我那时很简单,只想着有爱情什么困难都能克服。不曾想,那只是小说影视里的场景,与现实根本是两回事。

没有户口,就没有工作,没有工作,就没有收入。不光如此,更重要的是没有户口,就没有口粮!就没人给你房基地盖房子安身……

在二姐夫的帮助下,我们在一家铸造厂的小库房安了家。哥哥开着车帮我们搬家。当他看到是一间低矮的小库房时,眼睛红了……

没有多久,在哥哥的努力下,我们的房基地就有消息了!

拥有一块房基地,对于我们简直想都不敢想啊!

村里有规定:姑奶奶(嫁出的女人在娘家村里的称呼)一般不给房基地。

我的爱人是个退伍军人,虽然参过战(1979年的自卫还击战)而且立过军功,但这与"户口"没有任何关系。

"要转户口可以,拿五十万,投个资买个房就能办"这是一位

"能人"跟我说的。甭说五十万,就是五万,我上哪儿找去呀!

房基地有信儿了,我们的存折却丢了!五千块呀!现在看这钱并不多,可那时我上一年的班也挣不下两千啊!

我们夫妻俩抱着头,哭了……

哥哥知道了,他安慰我们不要着急,钱是人挣的!那时的哥哥已离职经营着一家水产店。

第二天我来到水产店,哥嫂早就把三轮车、盘秤,要卖的鱼以及装零钱的袋子都给我准备好了。

1992年的4月我们的房子动工了。哥哥说:用多少钱说话。

我们的存折丢了。怀疑是那个铸造厂的人拿走并取走了。本来想报案,公安人员到银行一调笔记就能查出来。可后来一想,算了。人家弟兄五个在一个厂里,就是人家,你又能怎样呢?

不曾想,他们中的老四不知出于什么心理,竟主动借钱让我盖房用。我不好回绝就用了他3000元。可是,还没过一个星期,他又索要。

可,钱已用完了。

那几天我愁死了!脸肯定都挂样了,不然怎么一回娘家,哥就发现了。

"怎么了你?"这是哥见着我的第一句话。

我的泪一下子就出来了!……

"说,有什么事!"哥哥的口气很坚定,一副娘家哥给你做主的派头!

我含着泪把事情的来龙去脉一说,哥很生气:

"向别人借钱?你娘家有人,有哥呢!"说完就冲着里屋叫嫂子:"进货款,先给她。"……

哥,30年前的伤害,也许我这个妹妹失去了记忆,把那段忘

记了……而那伤疤可是在你腿上的呀!它时时刻刻都在呀!你每天洗澡穿衣都能看见呀……

我恨我自己!我恨自己!我狠狠地骂自己:

我好恨自己……我为我的过去感到万分的伤心……我不能原谅自己的过去,我不能原谅自己的狠毒……

哥哥知道了,嘻嘻哈哈地说:"当初我也有错呢。再说我是你哥呢!"

五 姐

那是我6岁时的事。

树叶飘飞的早上,五姐正拿着笤帚扫院子。她一会儿欠着脚儿扫窗台儿,一会儿又猫着腰扫台阶。东厢房、西墙根儿、枣树下,挪花盆儿掏树叶儿,院子里不一会儿就堆起了好几个小堆儿。

一边玩儿的我,看着满院子的小土堆儿,和一起一伏的背影,忽然,发现五姐挪花盆捡树叶儿时,衣领张得很大,露出了白白的脖子。

我左瞧瞧,右看看,发现院里没人,妈妈在厨房做饭,我就悄悄拿起土簸箕跑到一个土堆儿旁,使劲铲起一堆儿土,双手端着,蹑手脚儿地躲到五姐背后,踮起脚尖儿,扬起胳膊将土簸箕对着她的脖领,一抬手"唰"倒了下去!

"咣当!"我扔下簸箕,转身就跑。

"哎哟喂!"正伸着手儿够树叶的五姐"腾"地跳了起来!乍着

胳膊,跺着脚,抖喽着——还拿着一把树叶的手。

"妈,您快瞧瞧小妹来!"五姐都要哭了。

"老疙瘩,你又欺负姐姐哪!"妈妈冲出了屋。

"哎哟! 你这个缺德鬼,看把你姐给弄得!"

跑到影壁后的我,探出脑袋:"哇!"刚才穿着蓝格小褂儿,还挺好看的五姐,此时,胸脯儿、脖颈儿、小褂儿全是土,就连脑后勺儿的小辫儿上,还沾着两片黄枣树叶儿。

看着这"满意"的结果,瞅着五姐的"傻样","噗嗤"我就笑出了声。

"淘气没边!"

"去! 揍她! 看她以后还敢不敢欺负你。"妈妈瞪着怪笑的我。

五姐扔下手里的树叶儿,握紧手里的笤帚把儿,迈着一双长腿,气冲冲地向我扑了过来!

五姐瞪着眼,咬着唇,举着笤帚,一扫往日的窝囊!

我一看"哇"的一声哭了。

"要不是看你小,哼! 我非揍扁了你!"五姐的笤帚没有打下来,一扭身走了。

父亲上自留地给菜浇水,要人跟去?稀粪,多臭呀! 几个姐姐都不愿去,只要父亲一招呼,五姐准去。

天黑蚊子多,稀粪臭。可你看她,一边?,一边寻摸,一会儿眼睛追萤火虫,一会儿耳朵追蛐蛐,过一会儿又仰着脸看黑乎乎的天空。还说,夜空很美,有星星划过的夜空,更美……

五姐每天最重要的事还有一件,就是打猪菜。可要想出门就打一筐,那可不是说话那么容易。你看见了,可别人也没闭眼呀,你起得早,别人早就蹲那儿薅上了。

怎么办?没有别的办法,就一个:谁比谁勤快!

五姐,近处还不去了! 抬脚儿就是三里五里外的福利农场、西

营房,十里八里的南苑飞机场。白天上学,那咱就起早,四五点背筐出门,七点进家,一点也不耽误上早自习。下午放学写完作业,再来一趟,甭说俩猪一天吃的,就是明天下雨也不用着急了。

卖猪喽! 全家高兴。

一进家门,父亲就把钱给了母亲。见着钱,我立马就把母亲袄袖揪在了手里"买新衣裳,买新衣裳"成了连片子嘴。

而我的五姐,只是看着傻笑,好像新衣服跟她没关系似的。

一个城里的下放的段阿姨给大姐一件烟色条绒袄,穿了两年颜色褪了。三姐买来颜料,每年染一次。一件条绒袄按大小往下传,大姐、二姐、三姐、四姐,轮到五姐这儿,衣服上的绒几乎全"秃"了,就这老掉牙的货,你猜怎么着,五姐还当宝贝呢! 为啥? 就因为那上面,有五颗"金"扣子! 金光闪闪的,五姐喜欢得不得了! 上学不穿,在家不穿,过节、进城才穿呢!

前院的街坊,罗老爹说:五姐像头"老黄牛"!

1979 年,五姐 16 岁。眼看就中学毕业了。想接着往上念,可家里还没有第一个。

七月的考试一结束,五姐就背上筐打草去了。

八月,黄村二中的录取通知来了! 五姐把干草往牛场一送,八元的高中学费,就有了。

只可惜,五姐高中读下来没能考上大学。

转眼,五姐到了找对象的年纪。亲戚、朋友介绍了好几个,就是一个没成。

爱买书看报的五姐,背着家里人,找了一个外地的而且还在"老山"前线打仗的兵!

母亲唉声叹气:"这孩子怎这么'傻'! 这不是找罪受吗?"

"她自己的事,就让她自己拿主意吧! 你以为她真傻?"父亲一边劝母亲,一边点头。

一晃,26年过去了。

给人感觉窝囊的五姐,不仅和自己找的"兵"过得挺幸福,还在一个上有公婆下有叔侄小姑子的二十几口人的大家庭里得到"好媳妇、好嫂子"的评价。更惊人的是年逾五十的五姐,还把少年的梦实现了——写出了一本散文集。

相　机

她下了22路汽车,直接奔向王府井商业街。

五光十色的街景,她不赏,漂亮的衣服,她不看,直眼鞑子似的盯着路两侧。一会儿踮起脚儿,一会儿扭过脖儿,一会儿仰着脸儿,一会儿斜着眼儿,眼紧转,脚紧捯,急火火地往街的深处赶。就连南来北去的粥似的人流,也没挡住她的脚。

突然,她停下了。两只瞪酸的眼睛里,射出火星子:"王府井照相器材专营部"。

她费了好大劲儿才穿过街挨到跟前儿。她刹住了脚儿,瞪着眼珠子往橱窗看:

照相机!! 灰、白、红、黑,大大小小,那么多!

她心跳加快,呼吸加速,脸也火辣辣的烧腾。

五月的天儿,还算不上热,可她,脑门上竟钻出豆子似的汗珠儿! 攥着包的手,好像也冒出了水儿。

"钱包还在。"她稳了稳神儿,长出了一口气。

半年多,她早饭省、午饭缩,三毛、五毛,紧抠着,好不容易攒下这个数。本来,想着到王府井百货大楼买一件称心的衣服。

可,半月前的一封前线来信,像一粒丢在湖面的石子,砸乱了她的心,满肚子的问号拧成了麻花,可就是不知找谁解。

找妈妈:"哼!就没见过你这样缺心少肺的。摸不着,看不见的人,给个棒槌就纫针!……"挨顿骂,比写得还准。

找个同学伙伴聊聊:"一个'外地'穷当兵的,你还上赶着?啧啧!……"主意没讨来,还说不准成了笑柄。

要不然,让二姐给拿个主意?她可是个见多识广的人,家里的大事小情母亲还短不了跟她合计呢!

可是,前些日子,二姐给你介绍的对象,你却像刮风一样,悄悄地给吹了。二姐正窝着一肚子火呢!

"怎么办?"白天上班,她走神。晚上睡觉,她折饼,白眼球很快挂上血线了。

"我的事,我做主!"她终于拿定了主意。

可,两个"她"却又打了起来。而且是不可开交。

"连面儿都没见,你就喜欢他?"

"她们交了这么长时间,感觉挺好的。"

"时间长?两个多月?就算长?十来封信,你就感觉好?"

"日子不长,是真,信不多,也不假,可她们谈得来,每封信都有六、七页,好像总有…总有说不完……"她脸一阵燥热。

"哈哈!信上说的,你就全信?你也不问问:家里几口人?哥儿几个?有房没有?你也忒好糊弄了吧!"另一个"她"笑了起来。

她瞟了一眼桌上的照片。黑红的脸膛、大眼、浓眉、高鼻梁、厚嘴唇,面相忠厚,绿军装,绿军帽,还有一双清澈的大眼睛"相信我吧,我不会骗你的!"这话好像就在耳边。

她看着看着,内心竟有一种冲动,恨不得即刻就扑进那宽厚的胸膛!让他那有力的臂膀,揽在怀里。啊,那该是多么温暖!多么踏实呀!

爱上这样的人,会上当?这样的人,会欺骗真心喜欢他的姑娘?不,他绝不会这样!他绝不会是那样的人。

"你真的按他说的,给他买相机?"另一个"她"仍穷追不舍。

"买!"

"多少钱也买?"

"买!"

"不后悔!"自信的她大有不到南墙,不回头的劲头。

…………

"师傅,这…这架相机多少钱呀?"她站在柜台前好半天,才鼓起了勇气。话音儿又小又颤。

"呦,姑娘买相机?"一位面目和善的老师傅微笑着走了过来。

"哎,她替别人买。"老师傅的笑容让她放松了许多。

"这架相机是刚到的新款,功能挺多,就是贵了点儿。"

"多少钱?"她早已汗湿的手,又攥了攥包儿,壮了壮胆儿,压了压音儿。

"198元。"老师傅一面笑着,一面用眼角向她瞟了一下。

"那边也有便宜点的。"他指了指墙边的柜台。

"不!就要这款!麻烦您给挑一架好的吧。"她松了一口气,钱包里刚好有205块钱!

老师傅从柜台里拿出两架相机,摆在她面前。

"姑娘,给什么人买呀?"随口的一句问话,让她刚刚平静的心,又一阵狂跳。脸也"唰!"地一下跟着热了起来。

"一个在云南当兵的。"她低头答道。音儿小得几乎自己都听不见。

"老山前线?!"老师傅吃惊的摘下眼睛镜,瞪大了眼睛。说话的声音也大了起来。

店内的所有的人,齐刷刷地转过头,都将目光投给了她。

她赶紧把头垂下,脸上的汗一下就流下来了……

相机邮走了。

当天中午,她手里就收到了一张来自老山前线的汇款单。

小个子

"牛惊了!牛惊了!"一声喊,惊了一条街!

"大花牛!"人们惊呼。

"又是那头大花牛!"收工的社员们异口同声。

"快跑!快跑!"放学的孩子们排着队刚出校门就听见了喊声。瞬时间如同炸了窝的马蜂,四散而逃。

扛铁锹的、背筐的、赶车的、骑着自行车的、背着书的、推着箩圈儿、举着冰棍……总之,街上不管是谁,都紧贴着墙根儿靠着路边。

村东一团黄沙,随着"咔咔"的蹄声如旋风一般从惊愕人们面前卷过。

霎时间,一条街就变了颜色,如同一条黄龙。

"这头牛就该宰了吃肉!"人们拍打着身上的土。

"就不该留它!"伸手涂着脸的女人恨恨地说。

牛惊了,就是牛疯了。如同人一样,神经出了毛病。

人疯了,永远好不了。大人们这么说。

村西头胡同里有一间屋,就关着一个疯子。我们放学时常悄悄贴着墙根听那里面的哭声。有时还大着胆子,垫着砖头趴窗户往里看。里面真有一个老太太光着脊梁,披着白头发,一会儿哭一会儿笑呢。两只脚没穿鞋,还有一根铁链子拴着……

回家一说,妈妈说"可不能再去了!疯子出来会把你打死的!"打那以后我们都躲得远远,再不敢往哪儿凑合。就是瞥一眼,也会"嗷"一声赶紧跑。

牛没疯,这头牛是故意装"疯"。有这想法的村里应该还有一个人,那就是"小个子"。因为牛每次"惊"或是"疯"的时候,都是有原因的。其缘由都是因为——"小个子"。就是小个子不在身边或它看不见的时候。就算它"惊"或是"疯",一路上它也不伤人。

那牛是黑白相间的花牛,白毛雪白,黑毛油亮,白地儿像花朵,黑地儿像绒毯。

在大队牲口棚里,牛、马、驴、骡三十多头,数它最威武。身高、体型、毛色、重量,谁也比不了它!

它脾气大,谁也不服,因此,没少挨鞭子抽,棍子打。可它仍耿着牛脖子、瞪着牛眼珠子。打两下就打两下,但不能没完没了。再打,我就"疯"给你看!

可有一天早上,牲口棚里来了一个小个子,走到大花牛跟前儿,摸着它肚皮的鞭痕,叹了口气……

叹完气,解下缰绳,牵着大花牛就出了牲口棚大门。大花牛那天也不怎了,像个乖乖小闺女儿亦步亦趋地跟着小个子。慢慢悠悠围着村子的小路转了一圈。街上的人都好奇地回头,人是这么矮小,牛是那么高大。假如牛一抬腿,甭说"惊",就是一个没注意,一蹄子下去,不踩碎了,也得踩扁了。

奇了,大牛与小个子,天天在一起,一次也没惊,也一次没疯。不但如此,就连大花牛发牛脾气也没见过。大花牛一左,小个子一右,一高一矮,无论是拉车还是遛圈儿,反而成了村里一景。

小个子姓赵,是一个六十多岁的老头儿。就他这岁数,论他这

一米五的个儿,当车把式还真是不够格。再说村里的棒小伙子壮劳力有的是!六十多岁的老头儿,本该到生产队老头儿组找个浇水看场的活,凑合着挣点工分也就差不多了。

可,这头大花牛,给了小个子力量,不仅当上了车把式,还年年,赶上了那些能以能成的棒劳力的工分!

那牛真是干活的好手,套上车,装上岗尖儿的青黍棒子秸,大眼一瞪,脖子一挺,一声"吁"就一口气拉到底儿了,一点不比马车少拉。

大花牛能干,好几人打它的主意。主人一换,大花牛就闹牛脾气,不是不拉车,就是不迈步。不听话就挨打。打急了它就跑。身高、块大、劲儿有的是,翻蹄亮掌可劲儿尥,不说"惊"了、"疯"了才怪呢!

大花牛一惊,就有人说,要把它卖了,宰了吃肉。可队长舍不得。于是,小个子就被人从老头儿组请回来,到牲口棚牵着大花牛,套上车继续挣他车把式的工分。

小脚儿李大妈

晚末晌儿的饭桌子还没立起来,一个拎着蒲墩儿迈着小脚儿的老太太就扶着门框迈过门槛儿了。

"大妈——"四岁的小妹脆生生喊着、乍着胳膊一溜小跑儿就扑过去了。

家里的房根儿前有两步台阶儿,台阶下有一块方石,李大妈每次一进门就奔那儿,蒲墩儿一撂,屁股一坐、两腿儿左一上、右一下就盘上了。两腿一落停儿,我那小妹就"噗嚓"一下坐进大妈怀里了。

大妈呢,顺势一搂就摇晃开了。小姑娘儿咯儿咯儿笑,老太太抿着没牙的瘪嘴笑,天上的星星也凑热闹似的"唰"地滑下来跟着笑。

李大妈稀罕孩子,尤其稀罕四岁的小妹妹儿。每次来家总要搂着摇啊摇……摇着摇着还变戏法儿似的掏出一块儿糖。糖块儿还没在小妹嘴里化干净呢,大妈又怀里一摸,摸索出一个小老虎来。小老虎是大妈用花布头儿缝的。老虎扭着脖儿、歪着头、眯着眼儿,可招人喜欢啦!喜欢得小妹一天都舍不得撒手,就是黑夜儿里躺在炕头儿上睡觉都得搂在怀里。

李大妈住在前院,是李大爷的老伴。三间起脊老房子,房子不是很大,也不是很高,灰砖灰瓦,几十年的样子。妈妈说,那是一个张姓地主的,新中国成立前那会儿李大爷在他家当长工,一解放,房子就分给李大爷了。

房子前是个不大的院儿,院儿里有个小菜园,菜园儿夹着小篱笆儿,篱笆是花格子是小树枝儿编的。不高,伸腿儿一迈,就能进去。看着也就能挡个小鸡儿小猫儿啥的。

园儿里种着菜,青蒜、菠菜、小香菜都绿油儿油儿的。房檐儿窗台上有两个花盆儿,花盆儿里养着花儿,花儿开的是两朵,两朵红红的花;花朵像个长筒喇叭,喇叭口张得拳头那么大,它们站在一支高高挺立的柱子上,像是在唱歌,又好像在大声叫喊:今天我高兴——

举着花的柱子,就像玻璃做的,直挺挺的碧绿碧绿的。花的叶儿,不大,也不多,只有两片。可这两片就让人喜欢得不得了。一卡来长两指来宽,就像个倒过来的小饭勺儿,一头儿扎在土里贴着根儿,一头望着蓝天,绿里含着红,红里噙着绿,太阳光一照,就像玛瑙似的……

这在杨树吐芽儿、柳枝轻舞的阳春三月,多么新鲜可爱呀!

妈妈说,爱养花的人,就爱养活闺女儿。妈妈养了一院子花儿,所以,7个孩子,就有6个闺女儿。

可,李大妈也爱养花,为什么没有闺女儿呢?

妈妈说,李大妈是逃荒来村里的。北京城那会儿正打仗。也不知李大妈从哪儿过来的,大冬天躲在柴火堆里,人家早起烧火做饭一抱柴火,就发现了手脚冰凉嘴唇发紫的李大妈,心一热,就弄家里给碗热面汤,捂上被子就把她救过来了。

问她家在哪儿,她只流泪摇头不说话。街坊看她挺可怜,又无处可去,就想起了,一直打光棍的李大爷。

一晃,过去10多年了,就是不知道为啥没养下一儿半女儿。

李大妈嫁给李大爷快30年了,谁也没看见李大妈回过娘家,也没见过她的娘家来人看她。李大妈是哪里人,谁也不知道。但李大妈不是北方人,是肯定的。李大妈个头矮,身板儿秀气,说话也细细的。

直到2000年的春天,这个谜才解开。

街坊们说,原来李大妈是南京人,是从日本鬼子队里逃出来的。这话是从来南京来北京寻找她的人嘴里知道的。那两个寻找她的人,可不是她的亲戚,说是南京大屠杀纪念馆的工作人员,说当年,她父母还有四岁的小妹妹都被日本鬼子用刺刀扎死了……

小偷！小偷！

"扑通"一声,一个身影落入了水中。

接着就是一辆闪着红蓝光的警车呼啸而至。数个警察拎手铐,沿河边散开。

"小偷！""小偷！"人们惊呼。

"看,就在那儿！就在那儿！"

"还露着脑袋呢。"

"看他怎么上岸。"人们兴奋地议论着。

人们等待着,警察也等待着。一双双眼睛,一束束目光都投给了在水中一起一浮的那个脑袋。就像在看一场很有趣味的演出。

这是冬天的一个早上,天还没亮透,村里人就被一声声"抓小偷啊！抓小偷啊！"的呼喊声扯出了被窝儿,拽出了家门。有的人还顺手抄起了家伙,木棍、铁锹,好几个人攥在手里。

一个瘦小的身影,马驹一般在人们的眼前跳跃飞奔。

"报警！"有人提醒。

"快到前面堵！"有人指挥。

不远处的路口出现了拿着棍棒的身影。

前面的马驹子,一打愣,顺脚拐进了一个小路,可没跑几步就停下了。眼前是一片明晃晃的水波。

"没有路了……"

人们的脚步声、呼喊声,巨浪般向他涌来！

他眼一闭,跳进了水里。

他不会水,脑袋一扎进水里,他就后悔了……

冰凉刺骨不说,一口水呛进嘴里,就让他感到了绝望……

他那时,15岁。

父母京城打工去了,他和爷爷奶奶留在家里。读书上学太乏味了。隔壁的网吧,让他乐趣无穷。

钱,乐趣是需要钱的。爷爷给的不够,奶奶给的不够,于是自己就生了主意……

一次,两次、三次,他屡屡得手,胆子越来越大。

今天,完了。彻底收手了……

"妈妈……爸爸……"

河水卷着他飘了不知有多远,就在他生还无望的时候,一只手把他的后背抱住了……

20年过去了,如今做了房地产总经理的杨总,每每想到此都会泪流满面。

他是谁?那个把他抱在怀里,用力一推,自己上岸,获救,而自己沉入河底的人……

他的恩人,他的救命恩人"穿着蓝棉袄的河南人"

20年过去了,至今,仍不知他的名姓……

心里的那杆大旗

她出生时,他就是村里的"头儿"。也就是说,那时他说的话,就是让人服从的。

村里有二百多户人家,九百来口子人,都听他的、都服从他。他高高的个子、宽宽的胸,一张红脸,一双大眼、一张宽阔的大嘴,人,不怒自威。

服他,不是怕他,而是信他。

他见着村里人,无论是街上、地里或大会上,从不瞪着大眼珠子、扯着嗓门吼人。先笑再说话一下子就拉近了距离减少了威势。服从他,村里人从老到少,地里干活的、学校上学的,都是心甘情愿的。就连母亲们怀里抱着的还不会说话的孩子都被他逗得咧着小嘴儿"咯儿咯儿"笑。

她就是其中一个。她出生在20世纪的60年代初期。她四岁那年,母亲说要到村里干活挣工分,她被送到了大队的托儿所。有两位奶奶给她们熬粥做饭吃。说这都是村里当"头儿"的主意,叫解放妇女。

后来,村里的"头儿"又出主意:过年全村人一起包饺子吃饺子,让全村人都吃上热乎乎香喷喷的饺子,每家每户都过上团团圆圆的大年。这一主意延续到今已近四十年。

修路,开始村里穷,就用黄土垫,稍好些就石子铺,最后到了八十年代才用沥青铺成了柏油路。

她十几岁时,不但吃饱了肚子,穿上了好看的衣服,而且惊喜地住上了高楼,虽说是两层高,可那也是没听说哪个村有的哇!这可不是她说的,是从到村里一波一波连续不断看新鲜的人那羡慕的眼神里看出的!

站在楼房顶上,眼睛一下子看得好远啊!成排的树,她看见了;大片大片的庄稼地,她看见了;远处的张村、李庄,她也看见了!

吃得好了,穿得好了,住得好了,村里人对那个称为"头儿"的

人,从内心的服从上升到了——敬仰、爱戴。像一面大旗矗立在心中。

"要让咱村里人兜里有钱。"村里的"头儿"说。"咱们的地里除了种粮食够交国家的、自己吃的,其余咱就栽果树种蔬菜,还要在荒沙岗建鸡场、建鸭场、建猪场、建羊场。"很快村里的萝卜、白菜、黄瓜、茄子、西红柿,鸡蛋、鸭蛋、鸡、猪、羊就在村中出现,进入市场,而且摆上了大型超市的货架上。

不仅如此,村里还买进了一批小轿车,创建了农村人有史以来第一个——出租车公司。村里人开着车,村里人坐着车,呼一下就进了梦里的北京城,一抬眼就看见了天安门。

她的村庄,他们的村庄一下子出了名,不仅在县里,市里就是全国都成了标杆村!

她心中,全村人心中的那杆大旗"哗啦啦"地飘——

人们来了,邻村的、区里的、市里的、外省的,人们像是赶集似的蜂拥而至连续不断……

街道扫干净了,还要洒上水;道边植了树,还要栽上花儿;垃圾清了,飞着的苍蝇蚊子还要消灭掉。

天还没亮,街上就人影儿绰绰了,拿着扫把扫街的、提桶给花儿浇水的、拿着铁锨清理垃圾的,就是下午放学的孩子们也在举着苍蝇拍子,追着苍蝇打呢。

她渐渐长大了,从拿着苍蝇拍子的小姑娘,长到包过年饺子的主力。母亲说,你该找婆家了。婶婶介绍一个,她不见,大姨村的小伙,她也不满意,直到隔壁王奶奶的孙子,她才一口应下了。

母亲、大姨、张婶婶有些不明白,这个她要嫁的人,实在说不上"帅气"。

一晃,四十多年过去了。她已有了一个该娶媳妇的儿子了。

他们村里的"头儿",也近八十岁了。但那身板、那脸膛、那双眼睛、那宽阔的大嘴巴,一点也不减当年的魅力!一杆在人们心中矗立了近半个世纪的大旗,依然高高飘扬!

他们的"头儿",有三儿四女,是一个大家庭。可他的家,就像"头儿"自己说的那样,没操过什么心,除了回家吃饭,就是儿子闺女落生,他都没赶上过,因为他常年住在大队部!"住这儿方便,开会多晚也没事,社员有事找也随时,一觉醒来上地里、村里转悠也方便。"

"咱们的头儿,生就是村里的人!"

大儿子成家了。大女儿出嫁了。十几年里,儿女们都相继有了自己的小家。

"头儿"的家,一处大宅子,只留下了老两口。

去年,"头儿"的老伴儿,病了有大半年后,也离去了……

大儿子开车接他去市里,他不去。他说离不开家。

二女儿买了别墅,邀他享福。他摇头。他说离不开村子。

她,就住在隔壁,把一切都看在眼里……

她,去了隔壁,洗衣做饭。一次。两次。去多了,丈夫反对。儿子反对。村里开始有了议论。

她不怕。仍去。

"离婚!"丈夫开始要挟。

"离就离!"她真的跟丈夫去了民政局。

半年后,她结婚了。

她终于把心里的那杆大旗揽进了怀里。

刹那间,村里就起了风,从村东刮到村西,出街走巷,几十里……

兄　弟

"扑通"一声,他就掉了进去。

正拥挤的小子们立时就傻了眼。

眼看着4岁的他,一点点沉下去。

忽然,孩子们明白似的跑开了"快、快叫人、快叫大人!"

眼看着稀粪汤子就进到他嘴里!他大哭着"救救我!救救我……"

不好,脑袋就要没进去了!

6岁的大志回身抽到一根树枝,手臂一扬,用力向拼命晃动的小手甩去。

"啊呀,够不着!"大志探着身子使劲伸着胳膊"还差一点、还差一点……"

大志的脚随着身子一点点向坑边逼近……

"抓到了!抓到了!"那双只露着指尖的手终于抓到、抓到了伸过去的树枝。

扯!拽!扯!拽!一个向下。一个向上。

"不好!"两双小手在树枝两头上拔起了河。

稀粪坑边上的大志,双手死死攥着树枝,身子用尽力气往后仰,屁股使劲往后坐!脚在地上犁出了一道沟。

几番挣扎、撕扯后,大志胜利了!浑身恶臭的他,终于还是败在了大志手里。

他,得救了。

大人们来了。

大志一溜小跑,颠了。

傍晚时分,他被妈妈牵着手来到大志家,一进院子还没等他反应过来,见着大志妈"跪下!"妈妈就让他跪下了。

大志妈吓了一跳!

"从今以后,亮子就是您儿子啦……"

就从那天起,大志妈妈多了一个儿子。

大志,得了一个兄弟。

如今,他和大志,已逼近六旬,那情景,仍历历在目。

哑巴的心事

大火终于被扑灭了!

烧黑的墙角里,有一疙瘩黑影,像烧焦了的黑炭。

"哑巴呢?"

"哑巴呢?"

人们急急地找着。

"刚才还端着盆泼着水呢。"

"快,快找找!"

"快找!快找!"

老板、老板娘、救火的、还有店里干活的,都不顾得脚下破东烂西了,又开始了新一轮的慌乱。

"找到了吗?"

"没有。"

"看见了吗?"

"没有!"

"快上楼!"

"再找!再找!"老板急切地声音。

"在楼上呢!"

"在楼上呢!"

"在哪儿?"

"库房。"

"在库房角上呢……"

"进去……进去看看。"

老板几步跨上楼,一把拽开前面的人。

一愣!

只一愣,就迈腿扑了进去!

是哑巴!是哑巴——

哑巴在哭。在哭!

双肩抖动,满脸泪水……

身着西装的老板,双手一伸就把哭泣的哑巴,攥在了怀里"我的哑巴兄弟呀……"

人们愣住了"兄弟?"

那是二十年前的大年初七,年味儿还正浓着,北京火车站扛着被卷拎着大包的人就挤成了疙瘩。

晌午饭刚归置消停还没来得及歇会儿,修冰箱的小张就进门了。后面还跟着一个老头儿。小个儿,低着头、哈着腰、罗圈着腿。戴着蓝布帽子,穿着蓝布大衣。手里领着鼓囊囊的口袋。

小张说,这是他山东老家的哥。不会说话。小时发烧吃错了药,6岁时就不会说话了。央求老板给口饭吃就行。

开店的缺人手,可再怎么缺,也不能招个不会说话的"哑巴"呀。

两碗热面,递到了刚下火车的哥俩手里。小张的哑巴哥就留下了。

就从那天起,北京的老板就和这位当时看不出年龄的山东"老头"结下了缘分。

那是老板刚刚开业,家底薄,活茬多,人手少,工资低。

哑巴,穷,脾气倔。在家与大哥的媳妇闹翻,抄起农药就喝。要不是抢救及时,命就没了。

老板的一碗热面,温软了哑巴的性子,跟着老板一干,就是一年又一年,干了16年。老板待他如兄弟,他待老板为知己。

老板的库房着火了,他知道老板库房的价值!因为那里的一切,都是他,一手一手收拾入库的,那都是老板一年一年的心血呀!

"哭什么哭!又不是你家的!"三天后,一个拿着电笔的人,训斥着还在望着黑漆漆库房前,流泪的哑巴。

哑巴用袄袖猛地擦了一下眼睛,挥起拳头砸向那个人。

"哑巴打架了!哑巴打架了!"

来到北京16年的哑巴,头一次挥起拳头"啊……啊啊!"扑向了那个拿电笔的人。

老板来了,老板娘也来了,干活的也都挤了上来。

"啊、啊、啊"哑巴涨着眼珠子比画着。

人们明白了,那场大火,是这个拿电笔的人,把电风扇放在沙发上,引起了一场火灾。

张大爷的手艺

"还漏吗？"张大爷见人就是这句。

特别是村里人，许多人不明白，就是家里的闺女儿、姑爷、孙子开始也不明白。一是九十多岁的张大爷，本来气力就少，再加上门牙等多颗牙齿下岗，字音就越发不清了。

张大爷有七个闺女，老三秀兰留家招了养老女婿。女儿秀兰在村子附近的食品厂上班。家里家外都是好手，结婚二十几年，不仅两房儿媳娶到了家，还弄大了两个仅差十个月的孙子孙女儿。

2007年85岁的老爸摔了一跤，行走成了问题，脑子似乎也出现了问题。退休在家的秀兰，服侍老爸成了主要任务。

"还漏吗？"轮椅上的张大爷一上街两眼就开始踅摸，见着街坊王大妈就问。

"还漏吗？"走到街角儿看到刘婶儿也问。

见到我的母亲，还是这句话，可82岁母亲，听后眼睛就湿润了"好人呀……"

张大爷年轻时，身高有一米八，黑红的脸膛，浓眉阔脸，一双眼像两把小火炬似的，闪着光的同时还给你热量，一年四季，一把铁锹扛在肩头，两条腿何时走起来都像小车轮子，步步生风，特别是夏天，褐红色的脊梁上披一块迎风招展的白包货皮儿（白布），就像一位大侠串街而行。

"房顶抹好了吗？"

"下雨,屋里还漏吗?"

张大爷一双大手,大骨节、厚手掌好像蕴藏着使不完的力量。

那是20世纪70年代的冬日的一天,张大爷晚饭后来我家串门。无意中也许是习惯性的一抬头,看见屋里的顶棚有一块块黄色的湿痕"房顶得拾掇拾掇。"

天儿一暖和儿,张大爷就背着一个口袋进门了"把这30斤麻刀抽吧抽吧,预备点白灰,找个日子把房顶砸砸(村里把修房顶称砸房顶,泥灰要先用木板子拍砸平再抹)。"

"砸"房顶可是个技术活,这活看着简单,不过是和灰、砸浆儿、抹平,其实几个动作不到位,活都白干,下雨时房子照漏,也许比不修前漏得还厉害,到了还得返工重来,费工费料费时间,还影响心情。

先说,泥灰。焦砟、白灰的比例适当,水要逐步加入,勤倒腾,不拖泥带水,要滋润有黏性。这是头天的活,次日一早,街坊帮忙,泥灰房顶一甩,铁锨大概耙平,房顶就开砸,人们一字排开,手中一条长方木条"噼噼啪啪"一阵山响。直到房顶汪出一层油似的一层浆儿来,最后技术高超的上场,把麻刀灰一抹,抹得像镜面儿一样闪亮……

这样的房顶,使去吧,十年八年,甭说大雨,就是下雨浸个三天五天也甭想漏一滴答,晾棒子晒麦子随便踩,就是拆房子翻新,你不用镐掀,你都甭打算弄得开。

这是张大爷的拿手活,是村里为数不多的能人。村内里人砸房顶,少不了他的身影,有人请不说,就是没人请,只要知道、只要听说,张大爷就没有不出现的道理。

我家的房顶自经张大爷的手,直到1979年冬,8年后,旧屋翻盖成起脊瓦房,都没漏过。

张老莺儿

张老莺儿一出小区门,就被盯上了。

老莺儿上了大街就有了形象,抬头挺胸大步流星一改低头哈腰半辈子的风格,白色的老板裤,橘红色的T恤衫,完全没了六十多岁的影子。不仅如此,嘴里还哼着曲儿,就是褶皱的脸上也似乎洋溢着春风。

前面大步走,后面碎步跟,胖二嫂像只灵巧的小狸猫闪、藏、腾、挪追随了三条街四里地。

一条繁华街的街角,张老莺儿停下脚步,仰脸向楼上看了一眼,而后就轻快地踏响了楼梯。

"果然又来了!"隐在树丛后的胖二嫂一肚子气。

"我说他这些日子怎么大变样呢!"张老莺儿的老婆杨老师脸都气绿了。

张老莺跟杨老师过了快四十年了,家里的大事小情什么时候都是杨老师说了算。"妻管严"他习惯了,她也习惯了,全村人也习惯了。

可自从北京城扩建,五环路以里的郊区变市区,平房变楼房,农民变市民,村庄变成了理想城。

自从三年前,他张老莺儿上了楼,他就变了!勤变懒,懒变散。摸惯了锄把儿、撒惯种子的两只手,没地儿搁没地方放了。心里慌得就像庄稼地本该丰收的棒子地却长满了荒草,起急着慌垂头丧气。

"多亏了那天晚上去了那个街角儿"张老蔫儿心里暗暗庆幸。"否则这往后的日子怎么过呀！"

她，年轻，漂亮，而且热情热心，她这里的情调尤为让人欢喜——安静且丰富。

张老蔫儿，个头矮，脸扁、塌鼻子、细眼睛，就是皮儿也是黑黑。媳妇可是个美人，大眼睛双眼皮一笑还俩酒窝儿，而且还是个中学老师。"老蔫儿，艳福不浅哦"界壁儿的、前后院的乃至全村人都觉得他张老蔫儿"赚"大发了。他自己也觉得要不是人家是地主家的女儿，成分不好，绝不可能下嫁。人家委屈嫁了，咱就宠着呗，就是受点委屈也值。可咱也是男人，拿主意做主的事，不是没想过，难呀！

张老蔫儿之所以说"难"，也不是说人家杨老师欺负他，而是他从内心总觉得"欠"人家的，只想用"服从"找补找补。

要说人家杨老师之所以嫁给张老蔫儿，也不是一味地委屈，也是在心里掂量过：除了长相有瑕疵，"内秀"在全村绝对是头份！庄稼地里的活，你说哪样，拿得起来不说，也绝对是戳得住！他过手的庄稼地你看吧，不光地平且暄，菜翠且亮，就是一小土坷垃、一根小草儿你也找不着！这一点村人眼里有，她，杨老师更是眼里有、心里更有。

结婚快四十年了，她杨老师都享受在老蔫儿"内秀"带来的温暖里。现如今她们的孙子都上高中了，以后的日子更是急呀累都没有，全是闲下来要享的福。

胖二嫂的话，开始她不大信，可日子一留心，就发现了不少异常：头发染黑了，皮鞋擦亮了，老头衫换成了T恤衫，连颜色也由白、由灰变成了橘红、蓝、绿，有时情不自禁地噘着嘴吹着小曲儿。

"杨老师,快跟我走!"胖二嫂敲开房门没等两腿进屋,就拽起开门的杨老师往门外走。

喘着气涨着脸的胖二嫂吓了杨老师一跳。只一愣着,杨老师就明白了。

胖二嫂在前碎步跑,杨老师紧随其后颠着追。这,在阳光普照的街上很快成了一景儿。

街角,二楼。她们像一对狸猫身轻脚快地到了楼上。

"下面请,散文《相守》一书的作者上台领奖。"才在门边落脚的二人就听见一个清脆的女声。

借门缝一看,一个三十多岁的女人,一袭淡蓝色长裙,玉手持话筒,红唇发清音,双眼闪烁,发髻高盘,出奇地惊艳。

"就是那女人!"胖二嫂附在杨老师耳边。

杨老师抬起手……

"哗哗哗……"屋内响起了震耳的掌声。

一个橘红色的身影在掌声中走向了那个淡蓝色的女人。

"这位就是农民作家张兴志,散文《相守》的作者。"

还未平息的掌声再次响起。

"老蔫儿?……作者?"杨老师手落下时,眼也迷离了。

"怕什么呀!"身后的胖二嫂肩膀一点,门"砰"地开了!

会场静了。所有的头,扭转,所有的眼,注目:

杨老师慌了,低着头,攥着手,脸一层汗。

"老婆子!"橘黄色的身影,风一样飘了过来。正冒着凉汗的手一下子陷进热热的大手里。

"这就是我的老伴!"声音浑厚又有些湿润。

正骨的刘大夫

一个冬日的深夜。北风席卷着大地,落叶、杂草无可奈何地奔跑着。电线杆上的路灯也无可奈何地摇晃着。一棵大槐树站在路口,挺直了腰板好像对呼啸的北风说着什么。

一个人影出现了,穿着黑大衣,带着黑帽子,弯着腰、探着头、顶着风吃力地蹬着自行车。

看这打扮儿,不像是年轻人。那时最流行的是"三开"的卡大衣,戴棕绒双儿皮帽子。

而这人,穿得是黑布面的皮毛大氅,大衣领子一翻,雪白的小羊羔毛,这是不能用简单的时髦不时髦衡量得了的,这是身份!

"三开"大衣,贵的不过几十块钱。而这,要上百块。那时的上百块,捯到现在得两三千元。

还有那自行车,"红旗"牌,北京产的。钱多少不说,就拿买自行车的"票儿"不是什么人就能随便到手的。

风太大,树叶卷着沙子打得人不敢睁眼,骑车的人腰折成了直角,那胸脯儿还得要使劲往车把上压。戴着帽子的头使劲垂着,从后面看,根本就看不见脑袋,就这样,他的屁股还一个劲儿扭哒呢。

"站住!"一个粗狠的声音随着一个举着棍子的黑影从大槐树后面蹿出。

自行车随着"吱"地一声停止了转动。

骑车人,抬起脑袋,仰起脸儿,把折着的腰挺了起来。

"是个老头儿。"劫道儿的松了口气。

"脱下皮袄儿,把车留下。"劫道的一副手到擒来的模样。

骑车的没吭声儿,叉着俩腿看着他。

"老头儿说你呢!"劫道的有点儿火,加大了音儿。

"小伙子,你看我骑车累的,你过来自己脱吧。"话说得软弱无力。

劫道儿的把举着的棍子一扔,往前一蹿,就到了骑车人跟前儿。就像一只扑向羊羔儿的豹子。

可,他刚一扬手扯皮袄儿,还没碰着边儿呢,他就"嗷——"的一声叫岔了声儿,随着胳膊就被砍了似的垂了下来。

"小伙子怎么啦?"骑车的老头儿瞪大了眼,两腿儿仍叉在车架上。可话音儿却脆生了不少。

"大爷饶命!大爷饶命!"劫道儿的带着哭腔儿、耷拉着胳膊跪在地上求饶。

"大爷我错了……大爷我错了……"鼻涕眼泪被打过来的北风糊(hu)了一脸。

骑车人,双手往前一推,车子就离了手,脚丫子一踢,车子就戳在了地上。

"大爷您救救我!您救救我……"点头哈腰的可怜相就差脑袋磕地了。

"起来吧。"骑车的老头儿在他耷拉着的胳膊上那么一推一拽,站起来的他立马不疼了,胳膊一抬,就能动了。

"高人!高人!"劫道儿的还没站稳,就"扑通!"一声跪下了,还"当当"把脑袋往冰凉的地上撞"我拜师!我要拜师!"

骑车的老头儿弯腰拉起几乎趴在地上的年轻人,脱下大皮敞围在了露着棉花透着肉的身子上。

"上车！回家睡觉！"

骑车的老头是谁？不提不知道，一提吓一跳！刘大夫，祖传正骨的刘大夫，十里八乡响当当刘大夫。提棍子的年轻人呢，就是后来刘大夫响当当的大徒弟。

刘大夫深夜去行医，巧遇劫道大徒弟，既是佳话，也是传奇。

最美不过炸酱面

热，实在是热！

太阳像炉子里的燃烧的火苗子，烘干了天空的云，也烤卷了大地上的绿。

晌午，下地收工的社员，紧倒着双腿往家奔。男人们热得只剩下短裤。就这样也没拦住汗珠子雨似的往下滑。

一个大"草垛"从人流中斜出，拐向路北的一家土门楼。草垛下是一个人，一个女人，一个矮小的女人，她弓着腰垂着头，一手拎草帽，一手揉着眼睛。

这个女人，这个背着山一样草垛的女人，就是我的妈妈。

妈妈立着身，扶着门楼，踮着脚尖儿扬着胳膊往门框顶上够。一把拴着红头绳儿的钥匙拿到了。开锁、推门、闪身、迈腿，草垛倒了，妈妈也倒了……

"唉——"喘了一口气。撑起身，抻抻腰，砸砸背，捏捏肩膀。

"咩咩"羊冲着妈妈叫了一声。一把草，羊不叫了。一把菜，瞪

着眼"哼哼"的猪也住了声。

拍手、掸衣、洗脸、进厨房,妈妈以极快的速度进行着。

"菜捎回来了。"爸爸捎回了自留地的菜。

"妈——今儿个咱吃炸酱面?"刚放学的我,大老远就闻到了猪肉炸酱的香味儿!

"今儿抻面,一会儿就得!"正在往锯末炉上端锅坐水的妈妈,声儿里、眼里、脸上都透着欢喜。

我蹽到了择着菜的三姐跟前。长长的豇豆、翠嫩的芹菜、粉红的水萝卜、顶花带刺儿的绿黄瓜……鲜鲜亮亮儿玻璃翠似的。

"放——桌子,菜码切好了!"厨房里甩出大姐唱戏似的长音。刚擦完饭桌,摆好板凳儿的四姐,应声走进厨房。

好家伙,不大一会儿,黄瓜丝、芹菜末、豇豆段、香椿、韭菜、青蒜、小萝卜,像座座小山五彩缤纷地"飞"落在葡萄架下的小饭桌上了。

"靠边喽!"随着大姐的一声吆喝,飘来一股香风。滚着油珠儿、漂着肉丁儿、扑鼻儿香儿的猪肉炸酱,嘉宾般的上场了。

"我要吃!"早就等在饭桌旁的小妹早就急了。你瞅那小样:鼓着小眼睛、喊着小鼻子、点着小手指、舔着嘴角儿的小舌头,以及淌下来的哈喇子……那样子能气死一只闻着腥味儿的小馋猫。

"嘿!今天吃面条。"满头是汗的哥旋风似的刮进了门来。

"饿死我了!大姐快给我盛!"

"不!先给我盛!"举着小花碗儿的小妹嚷道。

"甭急!甭急!都吃,都吃。"大姐挑面、拨菜、酱、拌面以极快的速度行动着。碗到手,面进口,两张小嘴儿仿佛按下了电门"忒儿喽忒儿喽"的声响瞬间迸发!

"嗨！瞧锅。"灶前帮妈妈看面锅的我,眼睛被妈妈团、揉、擀、切、撒、卷、抻、断、投的手,以及上下翻飞、里旋外转、柔软绵长的面条,吸引住了！"妈妈该不是魔术师吧！"我对妈妈的本事暗暗叫绝。竟顾看了,把煮着的面锅,给丢在脑后了。

我慌忙掀开颤动的锅盖。

"打上凉水,盖上锅,再开,再打水,就捞面。"妈妈一边手里忙活着,一边指导着。

"你吃去吧。"大姐的话一出口,我就到饭桌了。

呦！才多大一会儿呀,座座"山峰"就已夷为平地了。一小搪瓷盆儿炸酱,油珠儿、肉丁不但没了踪影,就连盆底儿也被掏得几乎可见了。我挑了一碗面条,拨上各种鲜嫩的菜码儿,抄起酱勺,伸向酱盆儿深处。

"嘿,不错！还真有肉！"?上两勺儿浇上,筷子在碗里左一翻右一转,顾不得拌匀,面条儿就进嘴了。也就三两分钟吧,岗尖儿岗尖儿的一碗面就被我三划了两扒拉,落下了肚儿！

"爸,您吃了吗？"我突然想起了什么,转脸儿冲着正在拾掇鸡圈儿的父亲问。

"不急,你们先吃。"父亲低着头正用钳子拧着铁丝儿。

呦,爸还没吃呢！我们这帮竟顾着解馋了,怎么把家规给忘了！我们脖儿一缩,眼一挤,互对着做了一个鬼脸儿。

望着盆儿清晰可数的面条儿,我心说,"爸妈吃什么呢？"

"快！桌子上腾地儿。"大姐大声吆喝着走出厨房,双手使劲端着炸酱的小把儿锅。咦,锅里怎么黄澄澄的？仰脸儿一看,哎！原来是一锅切成小块的剩贴饼子！

妈妈走出厨房,解下围裙抽打着衣服,扯下搭在脖子上的手巾,擦了擦满脸的汗。走到桌旁,拿起桌上的菜盘儿将"菜根儿"折进锅里,抄起勺子舀了面汤,倒在酱盆儿里,涮了涮,又倒回锅里,攉楞攉楞,盛了两大碗,一碗递给了刚洗完手坐下的父亲,一碗给了自己。

"当——当——当!"上地干活的钟声响了。

才放下饭碗的爸妈,背上筐,扛上锨,又出门了。

第二辑

三 冬去春会来

阿龙是条狗

两扇绿色的铁门,"咣当'"一声关上了。

紧贴着我的阿龙,身子一抖。

"啪嗒"锁头一摁,一把黄铜色的钥匙就落进了我的手里。

我的心有些颤抖。

转身把钥匙,交给紧跟身后的工作人员。

我的眼,胀满了泪……

我牵紧阿龙的链子,扯着它往前走。阿龙,竟犟着坠着身子。我手上加劲儿,抻着它往前走。阿龙挪动了。但脖子仍犟着,扭着,两只眼睛仍死死地盯着那两扇脱了漆皮的门,不肯离去……

"阿龙……听话……"一张口,我的泪,就涌了出来……

城市扩大。我们的村庄,要变为市区。我们的平房要升级为大厦。我们的身份要由农民升级为市民。

我的小院,我的家,今天,2009年8月17日,交了出去。

我借住在别人的居室,常常在梦里饮泣……

阿龙借住在别人的家里,面对丰盛的食物,不闻不理,任壮硕的身体,瘦去……

2009年12月28日,也就是,我们离开、离开相守了13年的家后的103天。

阿龙,死了。在寒风刺骨的深夜,死了。

冬 日

我刚进理想城小区大门,就被身后一声刺耳的刹车声吓了一哆嗦。随之而来的还有一声惨叫!

我猛回头———一团黄绒绒的东西飞了出去!瑟瑟的寒风裹挟着它在灰蒙蒙的天空里旋转,好似一个淘气的孩子随手抛出的绒线球,那长长的绒毛随着旋转柔软地飘飞,就好像是一团金灿灿的阳光。

"嚓——"一辆捷达停了下来。"哐当!"一只二尺来长的小狗在车前十米远的地方掉了下来。只是一眨眼,那捷达就没影儿了。

一股泉似的血水从小狗的嘴里滑了出来,鲜红而肆意地涂抹着小狗的下巴、胸脯以及不断抽搐的前臂以及阳光似的绒毛……

刚才还飘动的绒毛浸满了鲜血,经寒风一吹,即刻变成一柄柄直指天空的剑……

那血色的绒球呻吟着,哆嗦着,颤颤地向路边一点儿一点儿移动……殷红的血痕随着绒球的拖动也一点儿一点儿着加大、加长、加深……

一辆黑色的奥迪车的驶来,车轮离那血红的小狗越来越近,越来越近……

那可怜的小身躯似乎感到了什么,竟然不动了。

"咣当!"一声,又一声惨叫骤起!这一声比上一次更加凄厉更加刺耳……

一张大脸伸出车窗，朝那仍在抖动血团，看了看消失了……

一个老太太走了过来。背着竹筐、弯着腰，稀疏的白发如草一般扬在风中。一件退了色的青布偏襟袄像冬日里抖动在风中的一片树叶。一双粽子似的小脚儿驮着的那佝偻的身就像玩具不倒翁，在清冷的街上晃动。

一片树叶抚在了那仍在蠕动的血团上。一团白色的塑料袋也乘着风盖到了血团上。纸片、茅草、树枝、树叶也赶了过来。不大一会儿，那血团就被包裹上了……

老太太走了过来，抬起绑着铁丝钩的竹竿，刚要勾起杂草上的纸片，纸片一动，一个血糊糊的毛球探了出来。老太太吓了一跳！她扒拉开纸片、茅草、树枝树叶塑料袋，一个血糊糊的小狗儿露了出来！小狗发出呜呜的泣声……

两行泪水，涌了出来……

筐翻了，饮料瓶、碎纸片、易拉罐哗哗啦啦地滚了出来。一双手哆哆嗦嗦地伸了出来，伸给了那红红的血团……宝贝似的缓缓地，慢慢地一点点地移进筐里。而后，脱下青色发白的大袄，轻轻地盖在了筐上。

她背起筐挺直佝偻着的腰，迈着一双小脚，挪着碎碎的八字步，颤颤巍巍地走在因寒冷而空旷的马路上，一步一步地向前。

二奶奶

太阳落山不久,月亮就挂上了树梢儿。

二奶奶又开始工作了。

拿出一块打好的袼褙儿,拿着一张鞋样儿,比量着,眼睛在镜片后觑着,工程师般画出一圈圈红线。很快一个个鞋底就画好了。而后,二奶奶又拿起剪子,沿着红线一个一个地剪,很快,一张袼褙儿就变成了一个个鞋底片子,撂下剪子,两手一敛就把散在一边的鞋底片子分成了两摞,随后戴上顶针儿,拿起针,纫上线,掐起一摞鞋底片子握着锥子就开始扎鼓起来。鞋底片子老实了就开始沿鞋边,两指宽的白布条在二奶奶手里一转,鞋底子就有了模样。

二奶奶伸了一个懒腰,顺手砸两拳,拉过线筐箩,捏大针、纫麻绳,双腿一盘就纳起了鞋底儿。

做鞋,就是七十八岁的二奶奶的工作,一做就是几十年。

夜,很静。只有风轻摇着树叶,蛐蛐的叫声,几天前就听不见了。

月不是很亮,有些浑,像散了的蛋黄,天儿也乌涂着,一团黑色的云飘来,月遮住了,天和地忽地暗了。

二奶奶,揉揉眼,打了一个哈欠,放下手里纳着的鞋底儿,身子一歪,扯过被子就躺下了。

二奶奶家在北京的山里,有仨儿子,俩闺女儿。大儿一家在北

京城里做生意,二儿上了大学,毕业后在保定安了家。

村里有很多核桃树,山坡、沟壑、屋前房后都是。有几百年的老树,也有几十年的新树。

核桃养人,村庄里,几辈子人都是它养起来的。听老人们讲,早年间,村里只有十几户人家,核桃树也不是这么多。核桃树好养活,高坡、低坎、风沙、干旱都不怕,只要根扎进去,哪怕石头缝,就能生枝、长叶、结果。村里的树一棵棵生长,村里的人,也像核桃树一辈辈繁衍,几辈子下来,到今天已千户,上万人了。

二爷爷,是在小儿还未成家去世的,那时大儿一家还在家侍弄着树,全家努着劲,总算把小儿媳娶到了家。十几年的日子虽不富裕,但也安稳。可小儿的孩子考上县高中花费一下子增多了。学费说是免了,可饭费、住宿费以及各种杂费少少一年也得五六千。这还不算,过了古稀之年的二奶奶的身子也大不如前了。

"干点活就腰疼腿酸的。"二奶奶私下了不知骂了自己多少回。而此时的核桃树,也不像先前那样挂果儿了,长虫、闹病再加天阴下雨,一年下来,七八十棵核桃树,竟收不了万把块钱!儿子出去打工了,媳妇也跟着走了。家里只留下了二奶奶。

儿子喜欢穿家做布鞋,千层底,软鞋帮,不夹脚,走多远也不累。儿子说,妈做的鞋,舒服得很。这话儿子说的,做妈的记在了心里。

核桃树上毛病,村里许多人家都放弃了。山上的核桃树,已看不见成片的了。偶然看见三五棵,也是孱弱的令人心酸……

前几年,二奶奶的三个儿子都回家过年,热热闹闹很有年味儿。红烧肉、炸丸子、炒瓜子、炒花生,有时还爆上一锅玉米花,二奶奶准备得很充足,不仅如此,儿子临行前,还每人拎着除了吃的,还有二奶奶亲手做的一双双千层底的布鞋。

二奶奶独自一人留在家,不去找人玩纸牌,也很少聊闲篇,一有闲儿,特别是月亮上树梢的晚上,就是晚饭糊弄点,好像上班似的到点就上炕做鞋。而且一坐就是半夜,直到眼睛不开,歪身子就睡。有时,都睡一个觉了,手里还攥着纳着的鞋底呢。

可这几年,儿子们不怎么回来过年了。先是大儿子来电话说,商店忙,先不回了。而后是老二,单位值班,回不去了。小儿子直接说,"妈,我把钱捎回去,您别舍不得花。"

二奶奶理解儿子"年青青的怎能不忙呢。"

鞋,不能不做,说不准哪天有空儿或者想她这个妈了,就回来了……

父亲的山

1946年的那个春天,父亲用花轿娶了母亲。虽然是两人抬的小轿,还是拉下了不少饥荒。但二十出头的父亲没有害怕,因为他有一米八的个头,有一身使不完的力气,还有一个过上好日子的心气!

第二年的腊月,父亲有了儿子。孩子一落地,就有了名字——家仁,这是父亲早就计划好的。父亲识字,但不多,上了两年私塾而已。"仁义礼智信,温良恭俭让"在父亲心中刻下了的同时也化进了他的生活。

大儿子家仁来了,二儿子家义,也在第三年的那个春天如约而至了。第四年,来了女儿,取名家丽。原本是家礼的,但碍于女孩

只得同音了。

好一个父亲,在不足20年的光景里,有了五个儿子,两个女儿,"仁义礼智信,温良恭俭让"八个字占了七个。五个儿子家仁、家义、家志(智)、家信、家良、家恭、家建(俭),两女儿家文(温)、家(丽)礼。父亲成了村里"五男二女"的福气人。

20年,在什么年代?20世纪的40~60年代,新中国成立初期国家困难百姓艰难的岁月。吃,甭说吃饱,就是一天两顿吃上也难呀!穿,甭说过年穿新衣服,就是能有一件属于自己的、没打补丁的裤子褂子也不敢想呀!但进学校读书,我们是可以想的并且能实现的。父亲是读过书的人,是识字之人,是把"仁义礼智信,温良恭俭让"刻在心里融进日子里的人。再艰难也不能误了儿子闺女的念书。

家仁、家义、家志、家信、家良、家恭、家建、家丽、家文,"五男二女"是父亲一座座山,而且是一座座不小的山!

父亲是个农民,是个种地的农民,大地,是什么,是长出棒子、麦子、白菜、萝卜填饱肚子、活命的命根子!

一米八的父亲,白天大队的田野里撩开膀子挣工分,收工回家是顶着一早一晚的星星,在三分自留地里甩着汗珠子浇水施肥给儿女们备下长身体的萝卜白菜。

腊月大年根底下,父亲顶着雪、迎着风、牵着驴将储存了一冬、养了一季儿的核桃纹白菜送到永定门外的天桥菜站,为他"五男二女"的孩子们换回过年买肉的、添衣的钱。

酷夏伏天,父亲淋着雨、淌着汗、忍着蚊虫的叮咬,为他"五男二女"的孩子们攒下盖房子、娶媳妇的费用。大儿子家仁有了新房娶了媳妇,老二家义,也如愿以偿带着媳妇孩子有了新家。女儿家丽有了婆家,带着大衣柜、自行车出嫁了。紧接着就是三儿、四儿、五儿以及小女儿,娶妻出门子。

父亲就像一头不知疲倦的牛,一套上枷,就一口气跑了55年!

55年里,抚养了"五男二女"七个儿女,读书上学毕业了"五男二女"七个子女。盖了五次房子、办了七场婚礼、发送走了父亲母亲、岳父岳母四位亲人。

1994年七月二十八日午夜,父亲在将身上的一座座山顶起之后、他生命的列车开到75岁的那一天,戛然而止!

父亲,一米八的父亲,梦一般,在家仁、家义、家志、家信、家良、家恭、家建、家文、家丽"五男二女"毫无知觉的时刻,轰然倒下,走了……

2008年北京五环内去"村"为"市"。土地不种庄稼,种高楼。平房院落一处置换了两个单元门还余不少的现金。家仁、家义、家志、家信、家良、家恭、家建、家文、家丽,入新区进高楼。

父亲回来了,没有住进新居而是山一般住进了家仁、家义、家志、家信、家良、家恭、家建、家文、家丽的心里、梦里:白了的头发、皱了的脸、驼着的腰、瘸着的腿,还有一声声的咳以及带着血丝丝的痰液……

犟老爸

老爸的犟劲儿,要是犯了"九头牛都拉不回来!"老妈常这样说。

这不,都什么年代了,别人家都汽车摩托了,最次的也添置三马子(农用车)了,可他老人家还养着驴赶着驴车呢!

哥儿几个好几次嘟囔着要把那一年也拉不了两次车的驴,处理了,可至今,谁都没敢下手。

据老妈讲,老爸对这头驴好着呢!十几年就没变过,有时比对她还亲呢。

一早,头一眼,就是驴!青草饲料喂着不说,还跟它说话聊天亲热呢!

要不是有一天亲眼所见,我们还真不信。

那是一个冬日的上午。北风呼啸,我们叔嫂几人煨在暖暖乎乎的炕上聊天。

突然听到很响的喷鼻儿。隔窗望去,只见老爸披着大衣站在驴棚的槽边,一手摸着驴嘴巴,一手摸着驴脑门,嘴里还嘟嘟囔囔的。

棕黄色的驴伸着脖儿,一会儿低着头在老爸的手里吃,一会儿又扬起头,往老爸怀里靠。时而点点大脑袋,时而晃晃大长耳,那样子好像是跟老爸在讨论什么。

老爸爱种地,种了大半辈子地了,就是没种够。一年365天,至少有364天在地里,衣服整天价挂着土。你要是说他,他脸一耷拉"身上没土,叫庄稼人?"

为了浇地方便,我们雇人打了机井。可老爸,还是扛起抽水机,卷起水管子到十几米外的河沟里抽水浇地,弄得浑身上下全是泥"那清亮亮的水,白白浇了地?"

种地,受累不挣钱,谁都明白。地撂荒,人出门打工挣大钱,这早就不是新闻了。可老爸就是不开窍!年年死抱着那十几亩地不放!我们哥儿几个想出许多花招,都没把老爸这个念头断了。

"老爸,您和我妈到我们那儿住几天,好好在北京玩玩。"我们早就有这个心愿,可老爸老是说忙等闲了。可,一等就十几年。

"爸,来县城做老豆腐吧,您那手艺准挣钱!"

"没错。"在县城做衣服、开中医门诊的老二老三一唱一和。

要说老爸做老豆腐,那简直是一绝!那颜色,那味道,那别具特色的叫卖"拿盆——呦——"不说在本村,就是周边三五村也是隔着门缝吹喇叭,名声在外。可老爸有一样,老豆腐再挣钱,也是副业,从不耽误种地。大雪封地的农闲时做,地里一返青儿,就开始夜里做,起大早儿卖,八点之前一定会赶回来"一地的麦子可不能丢喽。"

十几亩的麦子,从三月初的返青儿到六月初黄梢儿,至少要浇两水,施两次肥,打一次药,有空还得紧着拔杂草。

十几亩的地,就是让我们空手走上两圈,恐怕也累得够呛,还甭说干活了。

从头年秋后的九月播种,到来年盛夏的六月酷暑收割,老爸都得亲眼瞅着小麦苗儿一天天变绿,一节节拔高,推着绿波,抽出麦穗儿,扬着花儿,壮着粒儿……

待到立夏来临,看到金黄的麦海荡起壮壮实实的麦穗,瞧老爸那喜兴劲儿,就像得了孙子吃了蜜……

"麦子黄了。"

"该回家一趟了。"

"16号开镰。"

每年一进六月,我们哥几个家里就会接到老家来的电话,不是老爸打来的,就是老妈打来的。

麦秋,收麦子,简直要人的命!在城里好容易变白的手,变嫩的脸,又要遭殃了。儿子们不愿干,媳妇孩子们更是要加个

"更"字！

我们在外无论上班还是做买卖，哪天不挣个百八十的。一个麦收，一歇，至少三天。再加上来回路费，这耽误的钱，买两个麦收的麦子，都有富余！

这个犟老爸，怎么就算不明白呀！

过一个麦秋，一个壮劳力，都要脱掉三层皮！可六十多岁的老爸，割麦、脱粒、扬场、翻晒、归堆、装袋、入库，也不知哪来的那么大力量，竟好像内心有一口涌动的泉眼，总有使不完的劲！

我们都累得呲牙咧嘴的，可老爸还总是在笑！满脸的皱褶，在笑，脊背上的汗珠，在笑，就连被老爸抛出去老远老远的麦粒，也炮着蹦哗啦哗啦地笑……

2008年5月12日，四川省汶川发生大地震，震惊了让世界。

没等5月底，老家的老爸老妈就被儿子们的电话扰得闭不上嘴了。

"爸，咱家的麦子黄了吗？"

"妈，咱家啥时割麦子呀？"

"爸，我们再过一个礼拜就回去收麦子。"

两个人的故事

王强是个官，说是个官，其实也不大，只不过是个村主任而已。

可你说这个官，不大，却也管着村里二三百户人家，八九百口子人。不说吐口唾沫变成钉,也是一跺脚,房土就得往下掉。

村里人,别说整天在他手下听喝干活的人,就是街上跑的孩子,贴墙根晒太阳的老头老太太,见着他也得是毕恭毕敬的。

他是谁？他可是个人物。20世纪60年代,他正意气风发,二十多岁正是茁壮成长的好时候,恰恰赶上那个热火朝天的年代。他凭着一腔热血,打出了一片天地,加入了组织不说,也吆三喝六管起了人。虽然算不上官衔,不值得提,可也是人生第一步台阶呀。

张顺是谁？一个"四类分子"的后代,剥削阶级地主的子孙,是被打倒过的。

尽管他身材高大,见着矮他半头的王强,也得把腰弯下,不弯,他爸那一根半腿就是榜样。

其实王强和张顺并不是天生的对头,而是上辈子就隔着一道篱笆,一东一西的街坊。两个人的爷爷岁数相同,两个人的父亲属相同,到他俩这儿,也是年前年后出生。吃、喝、玩、乐、哭,不说同在一个家,也差不了哪儿去。赶上奶就喂,碰上炕就睡,从没想这是谁谁家。上学一块出门,放学一起呼喊,就是两人青春期萌发相中的女孩儿,都是一个人。最后结果,当然是他王强娶其为妻了。但这也没伤着他们的哥们关系。

后来,他们关系变了。究其原因,应该是张顺他父亲被揪上台,王强高呼着口号,一棒子轮折他一直叫着"大爷"的腿开始的。张顺弓腰低头也就随之而来了。随之而来的还有抬头挺胸气宇轩昂的王强。

九十年代后,王强当了村主任,张顺开了买卖。

那天王强去区里开会。会后约上几个头面人物还热闹了一番。午夜回家,奥迪车没有来由的熄火了。

正着急呢,两束灯光带来了一辆捷达车。车速减慢,还没等他王强招手求救，车子竟自己停下了。下来一人。

王强举目一看，认识。

谁？张顺。

张顺一米八几的身量没减，只是有了中年男人的厚重了。

王强的心一热，而后又猛地跳了几下。

张顺看了王强一眼，一扭身，回到了车里。

王强热了一下的心，又凉了，但似乎又有那么一丝……

还没等王强咂磨出滋味，眼前就是一黑。

一个高大的身影山似的戳在了面前。

张顺手里攥着一个黑色的铁家伙！

掀开车的前盖，手电光移动，一根线头出现。

张顺打开工具盒，拿出一把改锥，把两根支棱出槽的、不守规矩的粉红色线头接在一起，并扯回它应该有的位置。

而后，轻轻合上机盖，拎起工具箱，回身，上车，油门一点，走了。

妈妈去哪儿了

我是四岁的亮亮。

告诉你：我就要见到爸爸啦！

妈妈说，明天就去坐火车找爸爸，一起过大年！

月亮都困迷糊了，可我就是不困！

爸爸，在有高楼的地方上班，爸爸抱着我拍照片时，我还喊不清"爸爸"呢。现在我都会帮奶奶扫地了。

我好想、好想爸爸……

妈妈穿衣服了,天还没亮呢。我没等妈妈叫,就爬起来了。妈妈帮我穿好爸爸买给我的羽绒服,背上包就出门了。

"注意安全哦……"奶奶站在大门口送我们。

我和妈妈坐着爷爷家拉柴火的车子,摇篮似的颠到路边。一道灯光把汽车带来了!我和妈妈坐上了汽车!坐汽车真好啊!又快又暖和。

我睡着了。一睁眼,就看见妈妈笑眯眯地摇我呢。

天亮了,大大的太阳,又红又圆,像个吹起大气球。

"快走吧。"一下汽车,妈妈拽着我走,一处大高楼我还没看,就晃过去了。

妈妈攥着我的手,说买我们坐的火车票。买票的地方人有好多好多,队排得可长了!

火车票终于被妈妈买到了!

"有了车票,就可坐火车,见到爸爸了!"我松了一口气。妈妈提着包,牵着我,走进有一排排粉红色漂亮座椅的大房子。妈妈说,这叫候车室,是等着坐火车的地方。

我们一坐下,妈妈就从包了拿出《黑猫警长》,没等妈妈递给我,我就抢到手里了!《黑猫警长》它是爸爸送的,是我一岁的生日礼物呢。

黑猫警长抓坏蛋的故事,以前是妈妈给我讲,现在我要给妈妈讲!妈妈揽着我,我偎着妈妈,我讲,妈妈听。妈妈说,我讲得真好!还说我的小脸儿像个甜苹果,说完还"咬"了一口。

我看见了一朵花,美丽而清香的花。我欠起身伸长脖子双手揽着妈妈的头,在那粉红的花朵上吻了又吻……

"拿出身份证。"两个警察叔叔走到妈妈面前。

妈妈推开我,翻包,在一个很隐蔽的地方小心地拿出一张卡片。那是身份证,是妈妈带我在有警察叔叔的派出所里新领的。妈妈说以前的丢了。

"是你吗?"警察叔叔,看看身份证,又看看妈妈。样子好威严哦!

妈妈有点怕,不说话,只点头。

"真是你的?!"警察叔叔更威严了!

妈妈更害怕了,紧点头的同时脸都白了。

"哗啦!"警察叔叔拿出手铐,一下子就把妈妈的两只手铐上了!就像黑猫警长抓坏蛋!

我"啪嗒!"掉在了地上,一下子钻进了椅子底下!

"跟我们走一趟!"警察叔叔一人扯着"坏蛋"一只胳膊。

我捂着耳朵、瞪着眼趴在椅下,好半天没敢动,心,咚!咚!……好像要跳出来!

直到警察叔叔和妈妈走出好几步,我才突然大哭起来"妈妈!妈妈!"

警察叔叔停住了脚步,回头看见了我。回身拉起我,拿起妈妈的大包。

妈妈、警察叔叔、和我,一起走出我和妈妈刚进来的大门。

粉红椅子上的人,都站起来了,一双双眼睛齐整整地看着我们。

……

爷爷来了,把我领回了家。爸爸,我没看见。妈妈,也不知去哪儿了。

过年了。

爷爷放鞭炮。我扯着爷爷问:"妈妈去哪儿了?"爷爷不说话。

吃饺子时,我端着碗问奶奶:"妈妈去哪儿了?"奶奶眼睛红了,一颗一颗的泪珠儿,掉进了碗里。

"妈妈去哪儿了?"

"妈妈去哪儿了?"

我问小鸟儿,小鸟儿歪歪小脑袋儿,扑扑翅膀,飞远了。

我问天上的星星,它们像是商量好了似的,都只眨眼不说话。

太阳出来了,又圆又红,而且很大!

我高兴起来:它一定知道,妈妈去哪儿了!

"太阳,你知道,我妈妈去哪儿了吗?"

我瞪着眼睛,等着回答。

太阳不说话,只放光,一束一束地放,把我的眼睛都刺疼了。

"妈妈去哪儿了? 妈妈,你去哪儿了?!"

爷爷说,我是男子汉,不能哭!

但我还是哭了。夜里睡觉梦到了妈妈,泪水把枕头都弄湿了……

妈妈回来了! 妈妈是在我们吃完元宵后的一天回来的!

可,我看见妈妈时,却躲在了奶奶的身后。

进门的妈妈,头发乱,脸上黑,衣服挂着土,看我的眼睛,愣愣的。我心里害怕,两只手使劲抓着奶奶的衣服。

夜里妈妈搂着我,搂得紧紧的。仿佛我会跑了似的。搂得我直随着她发抖。

妈妈不说话,眼睛里的泪,流了我一脸。

"妈妈,你去哪儿了?"我问妈妈。

妈妈喘了一口气,像是深呼吸。

"妈妈随警察叔叔去了派出所。"

"警察叔叔放坏蛋的地方。"我大声说。

"然后,妈妈又去哪儿了?"

"然后上了火车,走啊……走……"

"妈妈坐火车了?!"我没坐过火车。妈妈坐,也不带我,真让我生气。

"好远、好远啊……看见的人很少……很少。妈妈心里好怕啊……"

"妈妈,不怕!有警察叔叔呢!"

"警察叔叔一下火车,把妈妈送到一间房子里,走了。"

"又过了两天,妈妈昏昏沉沉中看到一个警察叔叔,指着妈妈说,'根本不是。'然后就有位警察叔叔进门,让我出去,说可以回家了。

"回家,妈妈可以回家了……"妈妈的眼泪又出溜到我的脸上了。

妈妈说,肚子疼。爷爷把妈妈送到了医院。

爷爷回来了。妈妈没回来。

"妈……妈妈呢?"我的泪汪在眼里。

"医生说,妈妈肚里有个小娃娃,要在医院养养呢……"爷爷说。

我听见了。奶奶也听见了。

爷爷好像是在笑,奶奶也是。他们笑得脸上闪着一沟沟的水直打出溜……

马四爷进城

儿子又来电话了。这已是今天的第三个了。

过年时,儿子带着媳妇回家,说要马四爷两口子都进城,老家的几亩地就不用种了。

要说呢,马四爷在村里也行啦,这辈子豪横了几十年,你说庄稼地里的活,下种、秧苗、治病、施肥、收割、入仓,哪样也是拿得起来放得下,马四爷在村里不说是响当当的人物,也算得上无冕之王的好庄稼把式。

马四爷在村里算个人物,不仅在庄稼地里,就是养儿育女上也说得了嘴!在那缺吃少穿的岁月里,能把一儿六女没病没灾养活已实属不易了,人家马四爷却有更高的目标,丫头小子都得念书识字!不仅如此还都要读到中学毕业!有能耐、喜欢读书的还可以继续往上念,家里绝不扯后腿!四个女儿初中毕业,一个女儿中专毕业,小儿读了大学还不算,还读成了博士后!这不仅让马四爷骄傲,就是全村提起来都荣耀,这真是草窝里飞出金凤凰啊!

如今的马四爷的儿子可有能耐了,进的是国家单位,住的是三室两厅的房子,娶的是城里媳妇,又好看又贤惠。小两口每次回来都张啰着接马四爷老两口进城享福去。

要说也是,马四爷老两口受累吃苦大半辈子,也该擎着享福了,没必要再土一把泥一脚的了。成家立业的几个儿女每月甭说多了,就是拿出三百二百的也够老两口花不清的。可马四爷像是

有瘾似的,每天不到地里把自己弄得一手一脚的泥土,就不舒坦。

"爸,您就听我们的吧,那地就别种了!"

"妈,您就和我爸走吧!进城看看人家城里人怎么过日子。"

接着电话的第二天,马四爷和老伴就被儿子扶进了轿车,进城了。

家,渐渐远去。村庄,渐渐成了一个黑点……

马四爷心忽悠一下,没有来由地疼了一下。

路,越走越宽,房子,越来越多,越来越高,再走下去,高高的房子就大树林子似的把天割成一条一块的了……

儿子的房子挺宽敞,家里的摆舍也挺上档次,书房、卧室、客厅、卫生间,分得挺讲究。客厅里大沙发上一坐,舒服。大电视一开,清楚。儿媳沏茶,儿子做饭。小孙子一口一声"爷爷""奶奶"地叫着,马四爷老两口,享受着从没有过的生活。

吃完晚饭,儿媳挽着婆婆,儿子引着父亲,电梯钮一按,就从18层的高楼上忽地到了有绿草鲜花的花园了。

花园里有条小路,小路不直弯曲着,弯曲着的小路铺着棕红的石板,石板是方格着的,方格着的石板组成菱形的图案。小路两边是人工养护的绿树,有的开着花朵,有的长着绿叶,还有大片大片的绿草。石板铺就的小路上走着许多人,有拿着录音机听着评书的老爷子,有牵着妈妈手的小孩子,还有追着小狗喊"宝宝"的老太太,还有在大广场上摇着扇子伴着音乐跳舞的。这里的人,从脚步、衣着、话音儿,都透着那么一股马四爷老两口没有见过也没体验过的景象和劲头。

"享受!享受生活。"儿子给了马四爷答案。

"爸,妈,从今天开始,您二老就享受生活!"

可这生活,马四爷只过了不到一个星期,就不想过了。

"明天送我回家!"马四爷的倔脾气一上来,十头牛也甭想往回拽。

儿子只好答应。

两天后是个星期天,本想拖着马四爷多待些日子的儿子,一看马四爷的模样,吓得几乎要往医院跑了!

眼没了亮光、脸没了红色,嘴角儿也往下耷拉了,就是往常"当当"的脚步,也没根似的飘着,身子,身子也好像跟着晃悠……

"爸,您哪不舒服了?"儿子小心地问着。

"我没病!我要回家!"马四爷好像跟谁斗气似的,一肚子火!

"咱上医院看看?"

"甭废话!回家!"

马四爷带着老伴上了汽车。

路,越走越窄,房子,越来越矮,一个个村庄不断出现。

马四爷看到了自己的村庄,眼睛湿了……

"好?那么好的地,种得全是草!"

村庄人看见马四爷一问:城里好不好啊?

马四爷准是气哄哄地说这句话。

母 亲

吃过晚饭,收拾停当,我走出家门,拐弯一溜达就到了母亲家。

推开虚掩着的屋门,静悄悄的。

"唉—"里屋传来一声叹息。

我悄悄进门,伸头儿一瞅:

母亲弯着腰,低着头,戴着老花镜在床边正忙活着什么。一缕白发垂在老花镜上。母亲很投入,好像干着很要紧的事,专心得连我进门,也没理会儿。

"妈,您干吗呢?"我紧走几步进了屋。

母亲愣了一下,仰起脸儿,撩了一下挡着眼睛的头发"呦?你呀!"

"咳,今儿早儿上我把被子拆了,想着下午做上。就这么点儿活儿,鼓捣一天,也没弄完。"母亲手扶着弓着的腰,直了直。

"妈,我来。"我赶忙接过母亲手里的针线。心里热了一下。

"成!"母亲闪开身子。顺势往后一褪(tun),靠坐在了沙发上。

"你绗(hang),我给你纫针。"母亲沙发还没坐稳,手就抄起了撂在一边的线团儿。还不好意思地冲我笑了笑。

"先前儿,这哪儿叫活儿呀!清早儿上地前儿,拎出被子拆吧拆吧,洗吧洗吧,往绳子上一搭,晌午收工抽空儿,抻吧抻吧,绗吧绗吧,一袋烟儿的工夫,就做上!拆洗被子,也就是个忙里偷闲插缝儿的活儿!"母亲的话音儿脆脆的,眼里亮亮的,那劲儿透着骄傲。

"唉!你说现在,怎么干点儿活儿,头晕眼花不说,腰还一个劲儿地又酸又疼,这不成废物了吗?"母亲伸出手,攥成拳头,一边使劲捶着她那还没伸直的腰,一边自顾自地唠叨着,那声儿里充满了无奈。

"唉,往后这被子就不老拆了,忒费事儿。"母亲一手捏着针,一手捏着线,手指在嘴角儿抹一下,捻一下,然后,双手高举过头顶,纵着眉,眯着眼,抿着嘴,执着线头儿,对着灯,瞄着……

瞄着……

我低头绗着,眼睛一直盯着被子。眼角处瞥见的情景,让我不敢抬头。

母亲年岁大了,我们都很孝顺。今儿个姐姐陪着老妈逛公园,明儿个妹妹请老妈到饭店。母亲住着高楼,坐着沙发,嗑着瓜子,品着小吃儿,看着大彩电;三九天儿冻不着,三伏天儿热不着;今儿个我进屋,明儿个他过门,母亲总是被说声笑声围绕着。母亲快乐着,幸福着;我们也因孝顺着,快乐着,骄傲着。

而今,一床被子却让我……

"你说,好模样儿的胳膊腿儿,怎么就不听使唤了呢?……"坐在沙发的母亲不停地嘀咕着唠叨着。像是为自己给人添麻烦开脱,又像是对自己的"笨拙"找答案。

妈妈,您别说了!满眼的泪水,已让我无法看清被面上的花花朵朵。内心隐隐的痛让我手不住地抖。刺溜儿,手指被针重重地扎了一下。我不由得吸了口气儿。

"扎手了?"母亲欠了欠身,要站起来。

"没事!没事!"我紧着说。大颗的泪珠从眼眶里滑了出来,掉在了被子上,洇湿了被面上的花朵。

"这是怎么说的。唉,真是……"母亲轻摇着的白发,微蹙着的眉头,一副无限自责的样子。

被子好不容易做好了,我轻轻为母亲铺在床上。

"累了吧!往后来点儿,我给你捶两下。"母亲有些讨好地说。

"妈——"我终于控制不住了!转身将白发的妈妈紧紧搂在怀里!就像搂着自己的女儿……

南　街

村里拆迁已经过半,只有南街还立着。

南街是一条宽街,两辆汽车都能错过,比中心街主路窄不了多少。南北长度,也不算短,从中心街北口算起,到南头小学校后墙根儿,也得有二里多地。

南街两则都是住家儿,一户挨一户,前院儿的后房山就是后院儿的南墙根儿。东、西院儿街坊的东、西房山贴得连针都插不进去。谁家两口子拌个嘴、数叨个孩子,甭想悄没声儿的没人知道,要是个炒菜炖个鱼烧个肉,不说半条街闻得见,少说也得十户二十户知道。

那一棵棵几十年的树们,更不客气,张家的椿树伸进了李家,李家的柳枝又垂进了王家,赵家的黄杏儿,王家孩子一跳脚儿,就摘了一满盆。香椿芽儿、大黄杏儿、李子、梨、苹果、鲜桃、大红枣儿,没有一家吃没尝过的。

南街最热闹的时候,要数吃完晚饭了。除了刮风雨雪天儿,哪天儿也消停不了。饭桌子一抄,碗筷子一摞,拎着马扎儿、小板凳儿就出门上街了。

半大(七八岁)的丫头儿小子吃饱了,劲儿没地使,两脚丫子没闲气儿,不是追,就是跑,要不就是你藏我找,藏蒙哥儿(捉迷藏);稍大些的就你哈腰抄,我跳起扣,打羽毛球了;懒得动会儿的,就仨一群五一伙儿的聊天儿逗咳嗽(开玩笑)了。

只过了半个月,南街就静悄悄地没声了。

拆迁办的工作人员串门了,串到谁家,谁家的人就看不见上街了,而后,就是搬家,大瓦房被敲了玻璃、掀了房顶、卸了檩条、刨了砖……

转眼的工夫,一条街空了一多半儿。

守财家五间大瓦房还立着。

东院张家搬了,西院王家也走了,前院儿二哥家也人去院空了。没三天,守财的五间大瓦房就被砖头瓦叉子包围了。

66岁的守财,那天睡一宿觉推门,乍一看见,差点吓蒙过去,手脚好像都不会动了,脑袋也木木的转不了弯儿。感觉是个梦,好像那部电影里的镜头。

直到老婆子喊他回家吃饭,他才缓醒过来。

半个月前,拆迁办的进家,说多给,前后院都比不上他。还一个劲儿嘱咐,要保密,不要露出去。说着还从包里拿出协议,让签字,签完字,还让按一红手印儿。

他没签,也没按红手印儿。总觉得心里堵得慌。

守财夜里睡不着,推开街门,蹲在门前,看着变成瓦砾的二哥家,眼泪哗哗的……

二哥是去年秋天,还没入冬时,走的……

去年,刚过年儿,村里就嚷嚷拆迁,横幅、布告、大喇叭……满眼、满耳都是。

原本是南街中心人物的二哥,突然就与他没话了。不但如此,就连精神头儿也直线跌落。后来就是不断地咳嗽,没多长日子还伴着咳嗽哑了音儿,再后来,就住了院,住着住着,就没出来,走了。

老婆子出来了,把他拉进屋,他不睡也得强合着眼……

窗帘儿发白了,天儿亮了。早就躺不住的守财,一咕噜坐起来,披上大衣就出了门,好像谁招呼着他似的,就连老婆子"你去

哪儿"都没顾得回答。

守财出了街门就奔二哥的房底儿去了。拎着锨,三步五步就进了二哥的房基。一棵被锯掉树干的枣树墩子出现在守财的眼前。他踩着瓦砾奔了过去,在一搂粗的树墩的左下方,拿着铁锨就挖。

挖了大约二十几分钟,砖头瓦片堆了一大堆,守财终于停了手。跳下半米深的坑,弯腰一刨,就把一个生了锈的小铁盒儿攥在了手里。拍拍黏着的土,抬起袄袖擦了擦,这才拎着锨,迈着轻快的脚步进了家。

"爸,您又把什么破玩意儿捡家里了?"城里上班的女儿一进门就看见了放在桌子上的破铁盒。说着就要伸手,扔进垃圾桶。

守财赶紧抢过来"别扔!是宝贝呢!"说完脸上还红红的。

女儿一看"打开!打开!让我瞅瞅。"

一个弹弓,枣木弹弓,哥哥给弟弟做的弹弓。

那年,哥哥八岁,弟弟四岁。

2009年冬,村子拆迁结束。

南街平了。

2012年春天,幸福小区落成,23层高的住宅楼就坐落在南街的旧址上。

南街,没了痕迹。

能人赵慧

赵慧是个能人,村里人一提,就没有不承认的。

40 年前,赵慧嫁进村,村里人就看出,这小两口就是天生一对,不仅个头模样相当,而且是一文一武的好搭档。赵慧巧,男人壮。

队里挣工分,两口子不说头份,也不差一二。

30 年前村里菜地搞承包,买薄膜、购钢筋,温室大棚,一建就俩。腊月刚进,架上就挂上了顶花带刺的黄瓜妞儿;鸡蛋大的青西红柿,一上秧,就是滴噜嘟噜的。还没到年根底,闻风而至的人们就把黄瓜西红柿预定满了。

人勤地不懒。种地的人都知道。一分耕耘一分收获,撒一粒种,出一棵苗儿。

赵慧两口子真是搭对了帮。过日子鳔起劲来,九头牛都甭想往回拽。一早儿天没亮透,就提几个馒头拎一壶水就出门了,地里一去,就是一天。腿,蹲累了,站站;腰,弯疼了,捶捶;汗,把眼淹了,抬起袄袖擦擦……

午后一点了,肚子咕咕叫了,撩起沟里的水,就洗。一口馒头,一口开水,三五分钟就是一顿饭。

畦里的草还没锄完,天就擦黑儿了。赵慧起身得回家给孩子做饭了。

种地、卖钱,让一双儿女不说出人头地,也得与众不同。吃的、穿的那自不用说,要供孩子们读书上大学,可得下把子力气。

一晃 35 年过去了。赵慧的一双儿女不仅都大学毕业,而且成

了家有了儿女。

  2008年村里拆迁完成。五环以里的村庄划归北京市区。平房置换楼房,赵慧家一个院子,换了三套房,儿子闺女各得一套两居。65平方米的一居室,赵慧两口留下自己住。

  地,是不能种了。手一闲着,心,就慌了。

  哄孙子？早上中学了！一家人聚一块？不容易。别看都在一个地面住着,开车也就十分八分的事,可要见儿子闺女一个面儿,怎么也得一个星期。儿子闺女上班,孩子们上学,赵慧心里明白,不怨孩子们。

  "阿姨好！"赵慧上街溜达,一声甜甜"阿姨",让她心里很舒服。抬眼一看,还是个挺俊的闺女儿呢。

  "阿姨,走累了吧？椅子上坐坐吧。"顺着闺女儿的手一看,敢情树下摆着一溜漂亮的座椅呢。椅子上坐着的是一水儿的同龄人。

  很快,树下的椅子就坐满了。

  "阿姨好！叔叔好！"小姑娘一开口,刚才还喊喊喳喳聊天儿的人们就住了声儿。

  "我们公司后天有一次郊游活动,想邀请阿姨叔叔们参加。"小姑娘满脸绯红,似乎还有些羞涩。

  "要钱吗？"有人问。

  "不要钱！不要钱！"小姑娘紧着摆着手,绯红的脸,一下子红扑扑的了。

  "叔叔,您看看这就明白了。"一张印刷得画一般的宣传单递了过来。

  "给我一张！"

  "给我一张！"

一只只手,林子般伸向了小姑娘。

"别着急,都有份。"小姑娘笑靥如花。

"叔叔阿姨,拿到的给我留个电话。"

"留电话?"拿到宣传单的赵慧有点犹豫。现在诈骗的、骚扰的电话太多,她可不想惹这麻烦。

"写下电话的,我们就通知去参加我们的免费郊游!"小姑娘看着有些犹豫的人们提高了声音。

"叔叔阿姨,可是免费郊游哦"

"后天,早八点,我们公司的大巴在这儿来接!"

话音一落,小姑娘就忙开了,名字、电话一通写。一张 A4 打印纸,还没十分钟就记满了。

郊游如期而至。大巴车入座,午餐桌入位,爬山相扶、游水相助,小姑娘的公司果真如小姑娘一般热心热情。赵慧们无论叔叔,还是阿姨都有一个警卫似的俊男靓女相陪。

"阿姨""叔叔""您慢点""您看着台阶"……

赵慧们很感动……

更让她们感动的是,一位 65 岁的胖大姐,上厕所时不小心,滑倒了,干净漂亮的小姑娘一点没犹豫,搀扶起来,拿出纸巾就忙着擦。屎了尿了一点没嫌。

入住宾馆,一进门,又是眼前一亮!有档次!

丰盛的晚餐一毕,赵慧们就被喊着"阿姨""叔叔"的俊男靓女们牵着手引到了一个大会厅门口。

大厅里好喜兴哦!就像过年,红桌子、红椅子、红灯笼、彩气球……

要说大厅的布景是过年,大厅里的人更像过年的!每一个俊男,每一个靓女,不仅脸上开着花,手里还都捧着花。

等赵慧们一个一个迈进大厅的门,一束鲜艳的康乃馨,一束红红的玫瑰就迎了上来……

赵慧们,有人眼睛湿了……

"爸爸妈妈辛苦了!"

赵慧们一愣。

"今天是我公司的年会。借此我替叔叔阿姨的儿女们,道一声:爸爸妈妈辛苦了!"

就这一声,赵慧们的眼泪就出来了。

"您辛苦了半辈子,该疼疼自己了!"

"身体好,一切才好!"

"我公司为了爸爸妈妈的健康,研制了无毒无害的绿色保健品……"

台上的话音未落,刚才给自己献花的那些俊男靓女们,变戏法似的就把一盒盒包装精美的保健品递到了手里。

"一个疗程,五盒,仨月。吃上一年,保您血糖血脂血压往下降。"

"您一年花不到一万,就能平安健康!"

"只要坚持,腰疼腿疼不但能好,就是眼花的毛病也能除!"

"给我来四个疗程的!"

"我把订金先给你!"

"钱不够,没关系,我帮您刷卡。回头给您送到家时,再给我。"

此时,更像过年了!赵慧们、俊男靓女们,每个人的脸都是红扑扑的了。

从这一天开始"免费旅游"成了公园、街道人们街头巷尾的主题,假如那个人听到这个话题犯愣,那就落伍了。

第一个尝到"免费旅游"甜头的赵慧,更是乐此不疲。好事,哪能自己一人享受？

　　夫妻游、姐妹游、同学游、街坊游，反正能联系得上的都随她赵慧一起享受着美好的"免费旅游"。

　　三年，赵慧两口子在国内游了七八个地方。

　　可最近，赵慧住院了。听说她的要动手术。医生说，她的髋关节、膝关节因长期服用止疼药，已经酥化了。

事儿多

　　月亮还在西边树梢儿悬着，一个骑着电动三轮的黑影儿就出村了。几声狗叫之后，村庄又沉入了梦乡。

　　借着橘黄色的路灯，一位穿着军大衣、戴着绿军帽、满脸褶皱、两道白眉的人，显现了出来。

　　"事儿多！"只要有人看见，谁都会认出来。只可惜认识他的人都在睡觉。

　　村里人管总爱挑毛病的人，背地里称其为事儿妈，或事儿多。有些贬义。

　　你初到刘村，若看见或村头、或街边或墙根儿有群六七个上了年纪老人聊天或晒暖儿，你准回先发现一个戴军帽、穿军衣但没有帽徽领章的老人。不用问不用打听，你一猜就准，那个眼睛发亮的人就是我们要说的人——"事儿多"。

　　也许在别的村被称事儿多、事儿妈的人是不受欢迎的，可在我们这儿，"事儿多"是被村里的老百姓称道、点赞的。但村里的干

部却烦透了他！他"事儿多"专跟村里当头的干。虽说他不是村干部，可村里啥事不跟他打个招呼让他认可，他就追着你挑毛病！不听，他就缠着你讲革命史：

他11岁给地主家放羊，丢了羊挨鞭子抽，好几天不给饭吃，只能吃烂菜帮子。14岁跟着八路军在晋察冀打日本，19岁就随部队湘西剿匪，之后又参加志愿军跨鸭绿江抗美援朝……

从前村里修条儿路、架根儿线、安个灯、搞个副业啥的，村干部只要到老爷子家里或老爷子到村部，一念叨基本就差不多了。

可最近，就是较劲！一个老板拎着钱说占块地，眼看着年根儿村民就能拿到钱提高收入了，他，"事儿多"，就是反对！老板赌气走了。好不容易，招商引资又来老板一个，说好了占地给钱，村民上班，他又出来反对。

眼看着别的村，发展着、富裕着，人家村里高楼别墅住着，大汽车小轿车开着，村干部着急，村民怨声载道，当着干部面是牢骚，背过脸就骂娘。

"事儿多"如今老了，眼看着奔九十高龄。村委会决定这一百亩的事就不让他老人家知道了。

可不知谁透的风儿，他"事儿多"，还是知道了。

"这么做，不行呀"90岁的人底气已经不足了。

"我们再研究研究。"48岁的村书记满脸笑意。

"怎么把庄稼毁了呢……"老人眼里已有了泪花。

"是吗？您先回家，我们过去看看。"村主任把老人送出了村委会大院。

九月正是收庄稼的日子，一大片土地长满了荒草。这一切是90岁的"事儿多"骑着三轮车、扒着墙缝儿看到的……

老人上路了，出了村子，奔上了公路。

"爷爷！"孙子出村追回了老人。

"我要告状！"这个念头撞击着老人的这颗心。

夜深了。儿子睡了，孙子睡了，整个村庄都睡了。

老人翻身下炕，在墙柜底下掏出一个带着五角星的军用挎包。用手掂了掂，而后揣进怀里。

老人骑着电动三轮在寂静的公路上行驶着。路又直又宽，可他的心却紧张得很。他不怕车不怕摔，就怕村干部发现在此被追回去。

终于看见了区政府大楼，事儿多松了口气：区武装部也在这儿，每年过年他都受邀参加茶话会呢。

还没等老人家进大门，工作人就迎了出来。

"找区长！"胸前佩戴着五枚军功章的老人家理直气壮。

"革命为啥？就为了吃饭。从前为自己，后来为百姓！"老人涨红了脸。

"你看看这儿！"老人家哈腰伸手抻起裤腿儿：一条半尺长的伤疤在塌下去的小腿儿上清晰可见。

"日本鬼子的弹片在这里快七十年了。"

"我为什么回家？我为什么回家？"老人眼里有了泪花。

"我……我……"

"当年，我是看着老百姓挨饿受不了啊……"

"打开粮仓，分给百姓！革命就是让老百姓吃上饭！"

那是1960年的事。老人从部队转业回来在一家粮库当书记。擅自开仓放粮，因不服降级处理，赌气回了家乡。

2012年春，一辆黑色轿车停在了高楼林立的天宫院小区门口。一位带着军帽穿着绿色军装的老人走下车。

"事儿多。"小区有好几个人认出了他。

"一年……才一年呀……"老人满眼含泪茫然四顾：庄稼，没了……

王嘟噜

村里人把长得好看、会打扮、说话讲究的人说成洋气。而洋气往往跟城市靠边，城市人往往又都透着有文化有修养。说你洋气就是夸你高抬你呢。

村里有个女人就洋气，高挑的身子，黄白的面皮儿，长眼睛细眉毛，小嘴薄唇，一口小碎白牙。

她是嫁入村里的媳妇，男人在公社当干部，个子高，肩膀宽，说话办事有水平。五间大北房、四方大院子，男人独子，没有哥仨哥俩跟她挣跟她抢，一进门，就属于她。

女人进门的当年就添了一个儿子，隔年又是添了一个大胖小子，这对于男人单传的家来说，是多么大的喜事呀！何况两个儿子还长得谁见谁爱呢。女人得宠，是自然又自然的啦。

女人得宠，当然不能憋在心里，总是要说出来，引人羡慕，让自己骄傲的。

出工上地干活，女人一有空闲儿就在人群中不是显摆儿子，就是炫耀男人。即使不这样，在众人聊别的话题时，也高屋建瓴般给出结论。仿佛只有她说的才正确。她既然洋气又是干部家属，当然见解就与众不同了。

在家呢，也是如此。公公婆婆在世还收敛点，公婆一死，家，就是她的天下了。儿子做事要听他的,男人办事要经她同意。儿子上小学前,还是乖乖的,一上中学就有了主意,话可以听,但不照着做。男人呢,毕竟是当干部的人,有涵养,高兴就回家,不高兴就是到礼拜日,也会告诉她,下乡蹲点儿。

不知什么时候女人变了,说话的语气不再果断干练了,变成了对啥事都不满意地碎嘴唠叨了。整天怨妇似的嘟噜嘟噜没完没了,听得人心烦意乱的。为此有人就送了她一个外号——王嘟噜。这一叫,还就叫开了。

"嗨,王嘟噜来了。"聊得正欢的人一听,就知道谁来,好像约好了似的,嘴上没说就都散了。就是要站下脚儿的,也麻利儿迈腿儿走开了。

儿子们大了,上门提亲的不少,可满意的却不多,不是儿子不满意,是合她意的太少了。这个儿矬,那个瘦,今儿个眼睛小,明儿个不苗条。末了呢? 大儿子自己把在村里下乡的城里知青带回家一个,她竟拍着手同意了。其实那知青才到他儿子肩膀。

小儿子呢,更得把一个大他3岁的、又胖又黑的女人领回家同居,而且很快领回了结婚证。

儿子们结婚成家,各有各的新家了,她甭说唠叨,就是见面,也不容易。都三盘儿俩碗儿摆上饭桌了,不是大儿子说不回来了,就是小儿子一家三口在外面吃完了。老头子更是甭指望,整天介忙啊忙,几天不回来,更是常事。

村子要拆迁了,五间房的院子,眼看就要拆了。住了三十多年,还真舍不得。可,儿子们回来了。大儿子一家,爸妈叫着,一个劲儿地买这买那哄着老两口。老儿子更是开着车,有时间就接着老妈游山逛景去。

2008年,村里拆迁完毕,五间房子的大院子换了三个单元门。

两个三居室,两个儿子一人一套,一个两居留给了老两口。

2012年秋天,新房入住,一家八口人,儿子儿媳孙子孙女儿热热闹闹高高兴兴吃了顿饭后,就各归其家,消停了。

2014年3月18日,一早儿起来,看天气挺好,阳光清亮,天空碧蓝,小风呢又轻又暖,再一看楼下小树枝儿也挂上了嫩嫩的绿芽儿,她心情大好,赶忙穿好大儿媳买的薄软轻柔的羽绒服,围上二儿媳送的水红纱巾下楼了。

"呦,王婶子你这绿棉袄红丝巾可够精神的!"

"可不是,您这是去哪儿会情人啊?"

一路看见她的人,都和她打着哈哈。这让年过七十的她,也不由得脸上现出红晕。

她的光彩是照人的,可她心里的苦,只有她自己知道。

年轻时,她为儿子们骄傲,为男人满足,地里干活再苦再累,她也觉得值!她真是忙而快乐着!累而快乐着!腰疼腿疼也快乐着。

可为什么儿子们一娶了媳妇,成了家,她的快乐就越来越少了呢?

两手闲下来了,两脚也不再用车轮式旋转了,日子按说正像男人和儿子所说的那样"吃饱了睡,睡够了吃,想干什么就干什么"的享福。可心里就是烦,感到孤独,感到活着没劲……这话一出口,还没说利索,就像一头撞到了南墙:没事找事,福烧的……儿子们的话硬得像冰。

今天空气好,想出去散散心,调调情绪。看着一对对在公园说话搭理有说有笑的老两口,想起返聘当顾问的男人,心里又泛起了苦味。

"哎哟!"两步的台阶,她只迈了一步,一下就趴在了地上。

她脚打上了石膏,下不了地了。整天不是躺着,就是坐着,就是坐着也还要人帮扶着。可她心里,没觉得苦,反而觉得甜甜的……

因为她屋里有了声响,有了儿子媳妇孙子孙女的说笑声。

王结实

村里有一家姓王,王是单姓,村里没啥亲戚。一父一母,一儿一女。女儿大,儿子小。女儿叫灵,儿子叫结实(jie 的一声)。当爹妈的明白,儿子要传宗接代首先得(dei)长得壮实。

一溜坐北朝南五间房,虽不新,也不破,虽不高大宽敞,也不窄小憋屈。一个大院,满院子果树。李子、核桃、杏、苹果、鸭梨、秤砣枣儿,热闹且丰盛。

父亲不善言谈憨厚朴实,母亲身材矮小办事精明。儿子随父有些木讷,女儿伶俐随母透亮。

村子不远有一军人营房,士兵常来村里训练,住在乡村民房,扫地挑水深得百姓赞扬。王姓女儿灵灵,恋上士兵一个,不久成婚去了南方。

可怜王姓结实,还未娶妻成家,父母先后病亡。孤苦无依甚是凄惶。姐姐灵灵卖其房产,接弟南方。本想安逸生活,怎奈其弟结实甚是思乡,抑郁成疾,送回北京故乡。

北京城市扩进村庄,高楼林立城市模样,偌大地盘,无处落脚,泪眼汪汪:

五间北房,一个院场,满院青翠,无处寻芳……

乡邻接济住进场房,思念父母,想念家堂,百感惆怅,大病不愈,不久人亡。

我们都没说

夜里十点,她一进胡同就愣住了:嫂子家还锁着门。不但门锁着就是看家的狗也没"汪"一声。

"不对,嫂子家一定有事了。"她掏出手机快速摁响了标着"大哥"的按键。

电话通了,"哥,家里怎么还锁着门?"她不等那头出声儿就急切地把话扔了过去。

"妹妹呀……"约莫五六秒钟,才传来一个既熟悉又有点陌生的女声。

原来哥嫂一家已把房子交给拆迁办了。他们搬进了新小区。

也就三两天,隔壁玲子家的房子,也成瓦砾。

北京城扩建得真快,五年前还三环以里呢,2007年就到五环以内了。

这不临近过年,村里大张旗鼓地嚷嚷拆迁了。那架势仿佛又来了一次运动,宽街窄巷都拉起了红色的横幅,白纸黑字盖着大红印章的公告,不但商店、公共厕所墙壁上贴着,就连村民的房山、围墙上也张贴着。

一辆白色执法的"皮卡"车更是创意独特——一对高音喇叭

架在其顶,随着车轮从早到晚在村的东南西北穿行。那高亢"公开,公正,公平"的声音就像一颗颗子弹、一颗颗钉子,射入每个人心里……

"甭听他们的宣传,说得多好啊!"张嫂说。张嫂是张哥的媳妇,哥虽不是一奶同胞,但也是和睦几十年的邻居。

"咱们都不让他们进门!"西院的玲子说。我和玲子是再好不过的朋友。儿时一块耍,少年一块学,结婚盖房又成了有堵墙是两家,拆了墙是一家的街坊。

拆迁办下来人了,仨人一组,四人一伙,拿着本儿握着尺,走街串巷气宇轩昂。

第一家,撞锁。第二家,没人。打电话,要不没工夫,要不没人接。听说有闯进门的,也是被人家拿着扫帚轰出来了。

"回家做工作,不拆就甭上班!"镇里又出一招。

开始没动静。也就过了十几天吧,也不知上面又出了啥招,效果就有了。

先是村内几处老宅换成了小区的楼房,而后就是四处"可敞亮,可划算"赞语。

这下村里炸了锅!

也就三五天的工夫,拆迁的形势就来了个大逆转!从村民不让进门,到一齐涌入拆迁办!不但把办公室的桌子挤翻,还差点把拆迁办大院的大门推倒!弄得最后镇里领导不得不请求公安部门派警察保护。

为了维护秩序,和谐拆迁,拆迁办领导决定,发号排队。

好法子!新房有限,先拆先住!

托人,找关系呀!住了几辈的村庄,谁没仨亲俩热的。

"拆迁办,我有人!"骄傲。

"书记,我亲戚。"自豪。

"村主任,虽不是亲,也是父一辈、子一辈的街坊"心里有底。

原本嘻嘻哈哈的叔儿呀、婶儿呀、大嫂子、二兄弟们,突然,在几天里不打照面了,就是迎头错不过去,也是点点头儿而已。

房子,拆得真快呀!半个月前还棋子样立着的村庄,就像被魔鬼施了法似的破烂不堪了……墙破、樑斜、树倒枝折,绿叶飘零……

我没有关系。亲戚,有,但不当官。只能等。

一个月后,村主任来了,带着拆迁办的人。

"有孩子、大人住的就行。"我提了条件。

拆迁办,我走进了门。

"您在这儿签字。"女工作人员面带笑容,白藕样的手指放在一张印满文字的白纸上。

"保密协议"我用迷惑的目光瞅着眼前的美女。

"本来您的房子,是不够换两套的。您一定不能说出去。否则,我们的工作就不好做了。"

"哦,原来是这样。"我欣喜地拿起笔快速地把自己的名字写在了那白纸黑字印着大红戳的文件上。

很快,漂亮的工作人员就把房屋拆迁协议、回迁安置房协议以及那张"保密协议"一并装入了牛皮纸的档案袋。

三年后,小区的房子全部入住,许久未见的街坊们,突然热乎起来。

"哎呀,你知道不,人家村子周转房补贴,不是按户每月补600元,而是,每平方米25元!"

"你还不知道呢,人家村的拆迁补偿款,一平方米比咱高出四五千!"

"还有呢,人家的住宅面积不用折去 25%!!"

"唉,我当初以为占了多大便宜呢,还高高兴兴给人家签"保密协议呢……"

晓　月

晓月是我打小的玩伴,又是我读书的同学。

她长得好看,见过她的人,都这么说。一对双眼皮,双得出奇,一对大眼睛亮得晶莹。特别是她一笑,不仅两颊绯红还一边一个小酒窝儿,这还不算,她"咯咯咯"的笑声还银铃似的传得很远。因此"银铃"代替了她的名字。就是现在四十多年过去了,伙伴们也是相互间这么说起她。

"银铃是跟当年队长的儿子结婚了吗?"工作结婚一直在外的同学打听着。

"能不嫁吗?"

"要说银铃和他结婚也不亏,队长家有权有钱,儿子也算长得不错。"

"有几个孩子?孩子也随她吧?"同学们都惦记着她。

"银铃一进人家门,三年生了一儿一女。那闺女儿简直跟她一个模子刻出来的,那长相就像银铃当年,谁见着谁夸!儿子更是招人待见,虎头虎脑,迎生儿(一周岁)会走,一岁半就能开口蹦词。"

队长在社会上不算官儿,可在村里却也像皇上。

晓月娘家,有三兄俩妹,她这个"灰姑娘"能嫁入队长家,也算

村里的一段"佳话"。

可最近,也就二十多年后,我在离家十几里的镇上碰见了晓月。她一副急匆匆的样子,嘴里还嚷嚷着什么。

我迎上去:"银铃!"

她停下脚步,看看我"嘿嘿!是你呀!"虽然我们有十几年没见了,老朋友的热乎劲儿一点没减。

可没聊几句我就觉得不对劲了。

"我得上深圳去开会,赶飞机呢。"再看她身上的衣服更是感觉不对:衣服脏不说,裤子还开了线。小风儿一吹,还现出了肉色。

"咱们一起回家吧。"

"我忙着呢!"她用力甩开我的手,急慌慌地跑远了。

羞

自从那个乍暖还寒的清晨,我偶遇初升的红太阳,我就放不下了。

看着渐亮的天空,一路狂奔,蹬上"望日台"五环桥顶。我举起了相机对准了东方的天空出现的一丝红光。红光在灰蒙蒙的天空中由线变片,由浅到深,而后便是少半圆到半圆,而后徐徐涨满成、一个让天空由灰蒙蒙到金灿灿的太阳,一个让大地树绿花开鸟唱的红太阳……

突然,镜头里闪出一个白花花的身影!登时,吓得我头发根竖起,鸡皮疙瘩乍开,一个一丝不挂长发披散的少女,在桥下空旷清冷的公路上奔跑!

我懵了,大脑一片空白。

快报警!

只可惜,此时的我,有笔有本有相机,就是没有手机!我从桥顶急下,想向过往的行人求救,快报警!

一辆汽车来了,车子慢了下来,司机歪歪头,走了。

一个骑车的来了,立了立身子,走了。

一个晨练的人跑了过来,摇了摇头,也走了。

不远处出现了一个岗亭,我奔了过去。

当!当!我用劲敲打着玻璃。一个面孔,一个熟悉的面孔转了过来:

"快报警!"我急切地说。"那边一个姑娘光着呢。"

"唉,您管她干吗呀?"那人淡淡地说。"您要是害怕,您就绕着走呗。"

"你就打一个电话。"我几乎带着一丝哀求。

"打了,人家也不一定管。他们杀人放火还管不过来呢。"

他的话他的态度让我的心发凉。但我仍不死心!

"有事找民警,有困难找警察"铿锵有力的话好像就响在耳边。

我拔腿向几百米之外的、挂着国徽的派出所奔去!

为了能早一点儿到那里,早一点儿让那可怜的姑娘赶紧得救,少丢一些丑,我撇开平坦的公路,穿树丛踏土坡跨沟脊呼哧带喘地跑到了那个—挂着国徽的派出所。

大院静悄悄的,楼里静悄悄的,值班室里静悄悄的。

"有人吗?"我没敢大声嚷。"喂,有人吗?"我加大了音量。

"吱—"的一声一个揉着眼,乍着头发,穿着半袖警察服的高

大魁伟的警察走了出来。

"快点儿,那边路上有一个姑娘没穿衣服!"很急的我没等他问就急着说。

"哦,知道了。"那警察临危不乱。

"就在那条南北的公路上。"我又补充着。

那高大的警察轻点一下头,示意知道了。

看着那警察镇定自若的样子,我有些不好意思了。心想:真没见过大世面。

我走出挂着国徽的大门,本该往西走回家,可心里就是不踏实。脚步不由自主地向东奔去。

我边走边回头,边走边向路两边看。我想:我先趸摸一块布,一块可以先给姑娘遮羞的布,我怕警察急匆匆赶去忘了给那姑娘带遮羞的衣服。要是我先到,先给那姑娘遮一遮羞也好啊!

我脚下紧捯,脖子紧转。老天有眼,路边一棵树丛中真的出现了一块花布的影子!抖去布上杂乱的草屑、干枯树叶、灰褐的尘土,一块还不错的白底蓝条的花布,一条可以给姑娘遮羞的花布,被我紧紧地攥在了手里。

我加快了脚步,仍不时地回头,我真怕后面赶过来的警车呼啸而过,找错了路,找不到在冷风中裸露着身子的、在众目睽睽下无遮无挡的姑娘……

我不时地走,我不时地回头。走着回着。回着走着……我多么希望身后有一声像雷鸣似的、几乎刺破人耳膜的警笛传来呀!我多么希望身边旋过一阵可以将落叶尘沙卷走的、让人惊醒的、挂着国徽的警车飞过呀!

公路上的行人渐多,汽车渐密,太阳也渐高了,可天空却暗了下来,一块不大的黑云遮在了本该红灿灿的太阳上了。

"看见一位光着身子的姑娘了吗?"宽阔的公路,繁忙的世界,我却找不到了那可怜的身影。

"看见了!"有人好奇地说。

"看见了。"有人无奈地答。

"看见了!"竟有人很兴奋。脸上还露出了一丝笑意。

我的心头像被刀,一刀一刀地划过。

"看见了吗?"我带着水音问。

"没有。"一个老大妈望着我泪盈盈的眼,关切地问:"是你家人?"

我摇了摇头。

"哎,那你管她干吗?弄不好她是个精神病,会打你的。"

我的泪,蓄溢已久的、早已无法控制的泪,终于滑落下来!

我决定不再问了,加快了脚步,向各个路口张望……向可能的道路奔走……想着那可怜的姑娘,想着那裸露的身躯,想着那受伤的心灵,想着那本该灿烂生辉的生命……

十分钟过去了,半个小时过去了,一个小时也过去了。

警笛没有响,警灯没有闪,警车没有呼啸,警察更是没见踪影!

我手里紧紧地攥着那块遮羞布!

姑娘呀,你在哪里?你在哪里?!你在哪里?

你,你快快醒来吧!

雪花儿飘呀飘

"大姐,来瓶一块的水。"声音有些沙哑。

我掀开冰箱递过去。

"谢谢。"那人接过水转过身,就在他转身下台阶儿的一刹那,我愣住了。他下台阶儿先动的不是腿而是胯!胯往前扭,腿往起甩,身子就一趔趄,好像要摔倒似的。

我瞪着惊异的目光,瞅着他向前走。我竟发现,他不是用两脚走路,而是用一只脚和一只脚腕子!他扭着胯甩着脚腕子,身子一歪一扭一歪一扭地挪过马路。

他停在一辆褪了红色儿的三轮摩托车前,踮起那只好脚,身子一斜,屁股一翘就坐在了车座上,伸手抄起那只残脚,往上一掀,屁股一扭就把那腿放到了摩托的另一侧。

他拧开水瓶喝了一口,眼睛就放到了一本书上。

时间一长,我们就熟悉了。他是开"摩的"的。叫张军,家就在北京的郊区房山。上有七十父母,下有读书弟妹。他从小就喜欢军人,早就有当兵的梦。可老天爷不知为啥偏偏让他成了站不直走不稳的"废"人。

爱读书,好读书的他,在父母的呵护下读到高中,可他到了上大学时,还是因为这只脚破灭了。

为了弟弟妹妹能上学,他到处找活干,十几里外的村庄他找了,三二十里的乡镇他也去过了,可人家一看他的走姿,都笑着摇了摇头。

还好,最后一家铸造厂的领导,在他苦苦哀求下,终于答应让他试试。铸造是个重体力活,翻砂更是个棒小伙子才能胜任的工种,为了珍惜这来之不易的工作,单薄的他忍受着巨大的疲劳和伤痛。

终于弟弟成了家,妹妹上了大学。可他,为之付出心血,寄托希望的工作,没了,厂子倒闭了。年近中年仍孤身一人的他,又拖起残弱的身体一次一次地开始寻找。

"跟我去北京吧。"一个总往外跑的村里人对他说。

望着面前神采飞扬老板似的乡邻,他眼前一亮,心里说:这回可遇见贵人了。

"老哥,到北京咱能干啥?"他说着不由得低下头看着自己的残脚……

"那活好干。"

他抬起头,眼中闪出亮儿光。

第二天,他便随那"贵"人来到了,来到了只有梦中才能见到的北京!

"给你这个。"一下了火车那人便塞给他一个包。

"一会儿你去厕所,把里面的衣服换上。我在这儿等你。"

他疑惑地来到厕所,打开包裹,里面竟是一身又脏又破的烂衣服和一张"求助信"!他明白了,他要干的工作了……

他很生气,一甩手就将那堆东西扔进了垃圾箱。

他修过鞋,卖过水果,也拣过垃圾。他睡过桥洞,躺过水泥管,也在杂草堆里过过夜。在外的苦也好,愁也罢,他都忍着、扛着……他不能回家,不能拖累本已艰难的父母。

"你也弄辆摩的吧。"一位好心人说。

"你慢点开,一天也能弄个十几块,省得你这样遭罪。"

在那个好心人的帮助下,他拿出仅有的积蓄,又向旁人借了

一些,总算置下了他的第一件家产———一辆红色二手残摩!(残疾的人开的三轮摩托车)

开"摩的"一天能挣十几块,干上十几天竟能租下一间小屋。他踏进几平方米的小屋,看见一床、一桌时,他竟鼻子一酸……

他早出晚归小心地开着残摩,小心地呵护着他的第一件财产。他一点点攒着钱,不仅为妹妹凑够了学费,还为父母寄去了微薄的孝心。

可近十几天,我却看不见他的影子了。

他被城管抓了,车子被扣,人被拘留,昨天才被放回来。

就要过年了。天空飘起了美丽洁白的雪花,飘飘悠悠的好像是在迎接新年。

"好雪!好雪!"人们称赞着。

一个绿色的身影,一瘸一拐地在飘飞的雪花中晃动。

"小张!"那个身影定住了。抬起头冲我笑了笑。

他脚上仍是穿着那双褪了色的军用鞋,鞋帮有一处明显白茬儿。

"小张你过来。"说着我扭身进了里屋。

"给,这是你大哥的军靴,你拿去穿吧。"

小张迟愣了一下,看了我一眼,匆忙低下头,那长出几根胡须的嘴唇动了动"谢…谢谢大姐。"沙哑的声里带着水音儿。

他颤着手接过鞋盒儿,转身就下了台阶,踉跄着走进飘动着美丽洁白的雪花之中……

丫 头

丫头一出生,就"死"了。

一位穿白大褂儿的把小小的"丫头"放在大大的、会移动的床上,推进病房。

刚刚生下丫头的妈妈,只抬了一下头,眼泪就哗地下来了。奶奶也只擦眼。丫头的爸爸低着头走近丫头。

爸爸还没到,另一个女人就抢先到了!撩开盖在"丫头"脸上的白单子,使劲盯着闭着眼闭着嘴没有呼吸的"丫头",一抖手盖上单子,走了。

女人一出门,妈妈、奶奶的眼泪就没了。

其实丫头没死而是一出生就被送给了一个瘦女人,那个死去的"丫头"不过是丫头的替身。

丫头,一出生连口妈妈的奶水都没吃上就被抱走了,再怎么说也是痛苦的,何况从此就没了"亲妈"……

这些事是丫头12年后,妈妈搂着她说的。

妈妈满脸泪水,丫头也眼里含泪。但泪水的味道不同的。妈妈抱着的是女儿,丫头可没觉得抱着"亲妈",丫头的亲妈,在五十里外呢。

丫头被抱走的第二年,妈妈在医院生了弟弟。一家人要多欢喜有多欢喜。

而此时的丫头也在医院。五十里外的急救室里!"急性肺炎"差点要了丫头的命!

丫头,终于闯过了这关,出院了。从此丫头就好像瘦女人身体

上的一个器官,整日把丫头不是抱在怀里就是背在腰上。就是到地里收拾庄稼,也舍不分开。从此瘦女人一起一伏的腰,就成了丫头的摇篮,女人的咚咚跳的心,也自然成了丫头的摇篮曲。

丫头六个月会坐,七个月会爬,八个月冒出了两颗小牙儿,九个月会贴着墙站着啦!十个月丫头就敢迈步而且能喊出"爸——妈"……

眼看着丫头长大会走了,丫头却病了,发烧咳嗽。爸爸和瘦妈妈赶了半宿路到医院一看,急性肺炎!当时就把丫头的妈妈吓得丢了魂……

还好,老天爷总算把一出生就不幸的丫头留下了。

丫头在这个家里有一个大她三岁的哥哥。哥哥对丫头很好,总是把妈妈分给他的好吃的让给丫头。其实丫头也有一份呢。

丫头五岁那年,哥哥带着丫头在离家门口不远的大场上玩捉迷藏,玩得好开心呢。可不知为什么丫头最后找不到哥哥了。

丫头记着,家门口有一棵开着白花的大树。丫头就找树,"找着树就找着家,就找着妈妈啦!"可找了很久,走了很远,最后也找不到。丫头找不到家了……

天黑了,丫头害怕了。一边走一边哭,有一个阿姨说带丫头回家,找妈妈。丫头就要见到妈妈了。丫头牵着阿姨的手,笑了,还给阿姨唱起了"世上只有妈妈好"……

可是丫头没有找到妈妈,睡醒一觉的丫头睁开眼看到的是一个没有见过的叔叔"我……我要妈妈……"丫头带着哭声怕怕地说。

"好的!叔叔就是带你找妈妈。"叔叔边说边笑。丫头看着笑着的叔叔越发害怕,不由得哭出了声。

"不许哭!"叔叔生气了瞪着可怕的眼珠子。把丫头吓得别说哭就气儿都不敢出了。

叔叔把丫头抱进汽车里"呜"地一下子就跑远了。

"丫头,到家了!"叔叔停下车,伸手就把丫头抱出了车。

丫头一听"到家了"立马来了精神!咦,怎么没看见开白花的大树呢?

"这就是你妈妈!"还没等丫头弄明白,一个胖胖的女人就把丫头抢在了怀里。

那个答应帮丫头找妈妈的叔叔,接过另一个叔叔递过的钱,一扭身上了汽车"嗖!"开走了,连丫头"叔叔!叔叔!"哭喊声也没听见。

"我要妈妈!我要妈妈!"

"我就是妈妈。就是妈妈。"胖女人给丫头擦着眼泪。

"你不是妈妈!不是妈妈!"丫头哭喊着用双手抓打着胖女人。

"我就是你妈妈!就是!"胖女人生气了,一把丫头扔到了床上,关上门出去了。把丫头一个人丢在了屋里。

丫头想回家,想回到开着白花大树的家,有妈妈有哥哥的家。

丫头哭着想,想着哭,哭着哭着睡觉了,还做了梦,梦里回家了,见到开白花的大树,见到了妈妈,见到了哥哥……妈妈伸着双手奔着丫头,丫头扎着胳膊扑向妈妈……可丫头跑啊跑,眼看就扑到妈妈怀里了,妈妈却不见了,找不着了……任丫头怎么跑、怎么喊,也找不到妈妈。

"妈妈——"丫头哭醒了。

"宝贝,看妈妈给你买什么了?"一张笑脸出现在丫头的眼前。

一件好看的花裙子,像桃花一样好看呢。还有丫头没见过的花口袋,说是丫头没吃过的好吃的……

"宝贝,过来,让妈妈抱抱。"胖女人把丫头揽在怀里。还伸出

胖嘟嘟的手给丫头抹着挂在脸蛋儿上泪水。

丫头的瘦妈妈没有找到,找到了一位胖妈妈。胖妈妈爱丫头疼丫头,喜欢丫头。可丫头还是想丫头的瘦妈妈,梦里梦的也还是丫头的瘦妈妈……

丫头渐渐长大了,背起书包进了学校成了小学生。胖妈妈好,家里的爸爸也好,新衣服新鞋子常常摆在丫头的房间。

"宝贝,吃饭了。"

"宝贝,看妈妈给你买啥来了……"

"我叫丫头。"不知为什么每次胖妈妈喜滋滋喊"宝贝"时,她就心里冒出"我叫丫头"这个念头。

"我的丫头是属羊的,正月初八一早生的。今年12岁……"一个花白头发的女人哭成了泪人。这是中央电视台一个为寻亲特设的栏目——《等着你》。

看电视的丫头也不知咋了也哭了个稀里哗啦。胖妈妈一伸手换了台。把丫头抱在了怀里…

丫头的亲妈找到了,就是电视里哭得稀里哗啦的白发女人。丫头被亲妈紧紧地搂着哭着,丫头也搂着哭着,可丫头心里想的却是那个家门口有开着白花大树的瘦妈妈。

耀祖的儿子

"截住他!"

周日的上午九时,自由市场卖的买的人们正沸腾着,突然被这声音吓住了。

只见一个秃头男子在前猛跑,后面一个中年女人声嘶力竭地追喊。

"小偷儿!"

愣怔着的人们醒过腔儿(清醒),好像都认识前面跑的那个人,自动地闪开了道儿。

"有同伙!"

"手里有刀!"

秃头男子放慢脚步,好像对人们的态度赞许般地微微笑着,还表演留念拍照般摆了一个帅气的 pose(造型)。

"哗啦"一把黄豆落下,正得意的秃头脚底一滑,还没等趔趄的身子稳住,就见一个身影扑了过去!接着就是雨点般的拳头。

人们惊着了,愣怔了还一会儿,才想起鼓掌欢呼。

"那是谁?"

"那是耀祖的儿子!"

"是他?"

"真是他!"

耀祖是谁?他可是一条汉子!村里人谁不这么说。二百斤的粮食口袋,伸手就上肩。三百来户的村庄,谁家的酒杯,他没端过。论义气,谁不伸大拇指!

可,耀祖的儿子,谁作兴(佩服)呢?

论长相,不错!国字脸,大高个儿,就这点,什么不做,也好看。

论脾气秉性,也像他张耀祖。可交错了朋友……

喝酒、玩牌、偷汽车,一下,折进局子了,一去就是八年!

他老爸耀祖的脸,丢尽了……

村子没拆之前,他张耀祖,都懒得出门:都是子一辈、父一辈的街坊啊……

2007年,村子里拆迁报名,他张耀祖第一个就报了名,交了老宅钥匙就搬出了村。住了几辈子的老村,住了几十年老宅,要不是……谁舍得呀……

儿子回来了,新楼入住了,他张耀祖该高兴,可高兴劲从哪来呀?!

那天儿子,一进门,看到满头白发的张耀祖,扑通!就跪下了!跪爬到父亲面前,泣不成声……

一对夫妻

商店门前,有一对卖西瓜的夫妻。

两年前,一个艳阳高照的中午,我正在树下乘凉。

"大姐,在您这儿卖西瓜行吗?"两辆三轮车"吱吱扭扭"地停在了眼前。我抬眼一看,一个满脸淌着汗珠的男人,立在小山似的西瓜车边,声音里透着些乞求。他眼很大很亮,脸很瘦很红。他后面是乍着头发的女人,同他一样,驮着小山似的西瓜,眼同样很大却缺少了光亮,脸也是很瘦很红,她过于瘦了,瘦得发了柴。很瘦的脸上同样淌着一串一串的汗珠子。不同的是,她面前三轮车的大梁上坐一个孩子,一个同她模样很像的孩子,孩子同样是眼很大很亮,脸很瘦很红,脸上同样淌着一串一串的汗珠。

那女人一手扶着车把,一手捂着凸起的肚子,嘴角抽动了一下,眉拧了拧,满是汗珠的脸上划过一丝痛苦和无奈。

啊!她竟怀着孩子!

"行!行!"看到那摇摇欲坠的大肚子,我真的无法选择了。

他们来自河南。男人姓张,31岁,个很高,瘦瘦的,V字形的腮挂着些胡须。女人姓王,小他三岁,个子不矮,有些佝偻,脸颊白净微黄,刻着些沟壑。一个周岁大的孩子,头秃秃的穿着一身看不清颜色的衣服,他时而蹒跚,时而席地,两只小手不停地抓挠着,小脸被那手抹得一道道的,他红扑扑的小脸上总是绽着笑,几乎没听见他哭,要不是他脆脆的一声"娘",我还真不知她是个女孩呢。

时间长了,我们混熟了。"你们那儿再要孩子不罚吗?"我把许久就想问的话,悄悄地说了出来。

"哪儿让要呀。"她放下眼皮低声说。微黄的脸上泛着一丝红晕。"可,我又不能不要。两个丫头,不中。"

"姑娘,小子,不都一样吗?"

"不,不中。他家单传,怎么能没儿呢?"

"那……那这回就是小子?"我终于没忍住,把残忍的话说了出来。咳!我这了直性子,话一出口我有些后悔了。

"我让人给看了,还花五百照了B超。"很少见到笑容的脸上荡出了喜气。

一日,门前没见西瓜车。

又一日没见他们夫妻。

隔日，只有一辆三轮车露了面。

"嗨！小张这两天嘛去了？是不是你媳妇生了？生的姑娘小子？"看到小张痛苦的表情，我突然意识到，冒失了。

"大姐。"小张拖着沉而轻的脚步，挨近我。此时没了雷厉风行的小张，让我有些吃惊。

"大姐，您给我帮个忙。"声音低低的。

"好，没问题。你说。"我以为他不是借钱，就是要点儿小孩衣服，这应该不难，所以我痛快地答应了。

"我……我……我想让您，给……给孩……孩子找个主儿。"那挂着些胡须的脸垂了下去，音也水水的了。

我怔住了。

半年后，商店门前，不仅有两辆三轮车，两夫妻，一个两岁半的孩子，又添了一个半岁大的孩子，头秃秃的，身上穿着一身看不清颜色的衣服，他时而席地而坐，时而地上翻滚，两只小手不停地抓挠着，小脸儿被两只小手涂抹得花猫似的。

而那个女人，腆着鼓起的肚子守着三轮车，卖着西瓜。

一个男人的故事

他是"大跃进"那年出生的，那时他上面已有大姐、二姐。他是老三。紧接着又来了老四、老五、老六三个妹妹。他是家里唯一的儿子，传宗接代的第一人，可他还没来得及受宠，人生的苦难就来了。

老六来的时候，是个刮大风的日子。打着一块一块补丁的窗户纸，被风捆打了一宿，到末了，还是被撕开了大口子。大风就像决堤的水，"呼啦"一下扑就进了屋！

天亮了，母亲下地给他们做饭，缸里的水结了手指厚的冰，切菜刀"哐叽哐叽"砸了好几下，水舀子都?不上水来。贴饼子熟了，母亲想揭锅（掀锅盖），可腿却站不起来。一站不起来就得坐在炕上。屁股一沾炕，从此就下不来了……

母亲下不了炕，做不了饭，急得满嘴是泡。才出生的老六一下子就没了奶吃。12岁的大姐，只好拿家里仅有的白面抓上一勺，熬成糊糊抹进张着的小嘴里。

那时，他8岁。

8岁的他，懂事早，这是父亲说的。上学写作业，不用管。进家放下书包就拿着刀子背上筐，打猪菜去了。还没上中学，也就十二三岁吧，他就能推起独轮车，帮着父亲起猪圈推猪粪了。

16岁，初中毕业，走出校门，他就成了男子汉，成了给家里挣工分的劳力！和父亲、姐姐一起撑起了家里的"天"！

两个姐姐出嫁了，妹妹结婚了，他这才想起自己也该娶个媳妇了。虽然父亲催过，姐姐张啰过，但他总说没到时候。等他现在到时候了，媒婆一问他的岁数，他才想起自己已经快30（岁）了。

一个女人进了家门，还带来了一个儿子。他不嫌，比他大两岁，也不嫌。只要对下不了炕的母亲好，就行。女人脾气好，伺候母亲洗衣端饭的空当儿，还陪着聊天逗笑儿。

母亲75岁那年走的，临走前最后对他说的话，就是他娶了个好媳妇。

可好日子，还没好几年，路边卖花生瓜子做着小生意的媳妇，就突然不会说话了，手脚也不利索了。到医院一看，说是中风。结

果就是人们常说的,半身不遂、哑巴番……

媳妇刚离开医院,病还没着落,小儿子发烧又进了医院。

"白血病!"

家里五口人,两口人都……

村里的乡亲纷纷捐款,他的心,热热的……

儿子还是走了。才20岁……

没两年,媳妇也去了。他本想跟她相守到老的……

四间房的院子,冷清了。只有79岁的父亲,还有51岁的他及还没成家的大儿子。

姐姐妹妹们看着弓着腰的父亲、白了头发的弟弟,心疼呀!

二姐本来是想帮着弟弟再成个家,不曾想,这个的女人,进门后,仅两年,父亲去世不说,还把苦水里泡着的弟弟,折腾得在外租房两年,不敢回家。其原因,就是拆迁!

2007年北京市把五环内的村庄划归市区,平房院置换楼房单元门。这个女人想要房子,想要钱。带着她的儿子跟他吵,跟他闹,就像黄河的水,浑不了呛(不讲理)一波接一波,没完没了。惹不起的他,只好躲了。

2012年9月20号,他终于,搬进了属于他的房子——新小区,新房子。

2015年的春天来了。燕子回来了,小草返青了,玉兰花开放了!

61岁的他,走在宽阔的大街上,闲逛在花团锦簇的公园里,见着村里每个乡亲,总是先张口打着招呼,脸上也总是挂着憨憨的笑,而他身旁的那个人,那个同样笑着的女人,也随着他热情地同乡亲们话着家常。

"苦日子过去了,好日子来了。"男人的幸福,写在脸上,谁见,都能读出来。

一双大眼睛

一早,天就很闷。

午后,人们渴望的雷雨,终于来了。

风大,雷响,雨急。老天爷好像跟谁有仇似的。风雷闪电挟着鞭子似的大雨,打着天捶着地,搅动着犄角旮旯。

不大的工夫,桥下、街上、沟里就全灌满了水,藏了不知多久的尘泥污垢很快就被冲进了奔腾着的下水道。

大雨很快过去了,我走出家门。正街的大马路上很是热闹。仨一群俩一伙逛街的,提着菜拎着水果的,坐在路边谈天说地的,还有围成一圈打着小牌的,人们惬意地享受着雨后的清凉。

街中心有一栋很高很高的楼,挨着它是一个很漂亮很漂亮的公园。雨后的这里更漂亮。花更鲜,草更绿,人更多。那众多的脚,顺着曲曲弯弯铺满五彩石子儿的小路走去,那一颗一颗的心,仿佛也随着鲜花绿草美丽了。小路很长很美,但它的尽头却有些阴暗,也许是很少有人来过,这里竟变成了野草野花的天地。它们的身量高的高、矮的矮,叶儿长的长、短的短,稗子草身高叶大,毛毛草棵矬叶短,就连爬在其间的牵牛花也是颜色不一大小不等。可它们那奔放洒脱,自由无畏,幸福快乐的长势着实让人欢喜。我举着相机凝思拍照,独自欣赏着这野草野花野趣。

忽然,深草丛里"哗哗"动了起来。蛇!浑身的鸡皮疙瘩"唰!"地钻了出来。我刚要拔腿跑,一个乱糟糟的头钻了出来,一双黑白

相间的大眼愣怔怔地对着我,两片干裂的红唇微张着,两行白白的牙齿相对着。我没有跑,尽管心里突突的,我还是大着胆子看着他。

他没有发火,却害怕似的低下了头。他的头粘了许多草屑,垂下的乱发遮着他的脸,脸蒙着黑泥。乱发黑脸让我看不出他的年龄,可,透过那泥痕我看到的皮肤却是光润年轻的,那浓密黑发,也是年轻人的。

二十几岁的年龄,灿烂、张扬、自由、奔放、洒脱、无畏……

今早,晨练回来,在那栋很高很高的楼角,我又看到了那双黑白相间愣怔怔的大眼睛。

我到小吃店赊了两个烧饼,(我晨练一般不带钱)看了看太小,又添了俩。我竟直地走过去,轻轻地放到他身边。

"你吃吧。"我轻轻地说。生怕吓着他或者激怒他。他梗着脖子扭着脸,黑白相间的大眼珠子努努着,一动不动地瞪着那刚刚从云层里露出头的太阳。我放下的烧饼,他连看都没看。

我回到家,拿上还小吃店的钱,又从饮水机里接上一瓶水。钱,给了烙烧饼的老板。水,我放到了那孩子的身边。那孩子,依然梗着脖子扭着脸,黑白相间的大眼依然着瞅着那渐渐大起来的太阳,已经很红很大很热的太阳。

烧饼他已吃了两个,黑黑的手里还羞羞地藏着另一个刚咬一口的烧饼,旁边的塑料袋儿里还有一个圆圆乎乎完完整整的。

我转身离去。走出几步,不由得又回过头来,把目光投了回去。

那孩子的脖子已转了回来,乱乱的头夹在两条露着肉的脏裤腿间,低低地垂着,垂着……一只黑黑的手使劲地擦着那双黑白相间的大眼睛,另一只手,另一只手拿着烧饼的手哆嗦着,那手里的烧饼,那缺了口儿的烧饼不知何时被印上了一个黑黑的手指印儿。

八点了,太阳又升高了。街更热闹了。东来西去的人越来越多,四个轮子的车也越来越密,而且飕飕地飞快。

"快跑!"不知谁喊了一声。卖煎饼的,跑了,卖鸡蛋灌饼的,跑了,撂地儿卖袜子的,也跑了。一辆白底,蓝字写着:"城管"的车追了过去。街上人的目光也追了过去。

只有高楼脚下的他,没动。瞪着黑白相间的大眼睛一直愣愣呆呆地望着那刺眼的太阳……

追

他和她似狂奔的马驹,前跑。

他腰弯腿瘸似疲惫的老马样,后面紧追。

老少三人像跑马拉松,聚来了一路目光。

马驹钻进公交车。老马截了出租。

马驹看没了老马,来了神。摇金发晃耳环撇红唇大呼:刺激!好玩!

夜市吃完一抹嘴儿,一抬脚一个易拉罐就炮弹一般飞将出去!"当!"撞在了墙上不说还"砰"地弹了回来!"咣"地一下不偏不斜实实地砸在了一个秃脑袋瓜子上——拎着口袋哈着腰捡破烂的老头的秃脑袋瓜子上!那老头身子一侧(zhai)歪,差点玩儿一大跟头儿!

他和她顿时大笑起来。可还没笑过瘾,那老头就连嚷嚷带比画地冲了过来!原来那个挨砸的竟是个老哑巴。

"瞧那老哑巴气得!这要让他逮着,还就真够咱俩喝一壶的!"

巧啦,公交车来了!老哑巴你追呀!追呀!

公交车进站。出租车停车。车门开,一人下。黄发男孩歪头借光一看,一哆嗦!

哑巴老头下出租上公交车,手没扯口袋却攥着块"黑家伙"。男孩闭了嘴女孩熄了声。

哑巴老头抓扶手、踮脚尖、挺腰杆、高扬头,一双大眼探照灯似的扫视着整个车厢。

哑巴老头一瘸一拐地奔了过来。

他和她,脸白了,汗下了,浑身像触了电哆嗦成一个。头一垂、再垂,身一缩、再缩。

哑巴老头流着、汗喘着气,举起了粗且大且黑的手冲着他们"啊……啊……"而后向他们抛出了"黑家伙"。一扭头一转身下车,走了。

"钱包!"直到此时,他和她才想起,刚才丢了东西。

第三辑

秋风落叶

宝 珍

宝珍28岁那年结婚了。这对于一个农村姑娘来说,确实晚了不少,可这对于宝珍来说,却是万分幸运了。

宝珍个儿矮身粗,头大顶平,脸儿胖眼儿小,鼻梁凹嘴巴宽,一说话就像坐在坛子里,还瓮声瓮气的。

可宝珍爱穿裙子,长的、短的、大花儿、小花儿各式各样。

宝珍是王桂兰家的独生女儿。

"是捡来的。"街坊张二婶说。胖嫂子也这么说。要不是亲耳听见,谁都不信。那时候吃饭靠工分,穿衣要布票。村里有几个丫头穿过裙子呀。

宝珍妈桂兰手巧,又加上会过日子,养鸡喂猪的手头好像总比别人家宽裕。宝珍的裙子,是在供销社处理布头儿时"抢"来的。布头儿不要票儿,想买的人举着钱,手,小树林儿似的。

桂珍两口子疼女儿爱孩子,出名。宝珍听话乖巧而且聪明,否则读书怎么从村里一读读到了县高中。

"能招个养老女婿"就别无他求了,老两口这话挂在嘴边甜在心里。

可眼瞧着村里的丫头小子该嫁的嫁,该娶的娶,桂珍还摇头、点头,点头、摇头,25岁都过去了,别人都领着孩子了,他们的桂珍还孤家寡人呢。

又过了一个年头儿,前院的杨大妈走进了宝珍家。

那是晚饭后。宝珍正在里屋织毛衣。杨大妈进门她本来是站起身要出去的,可一听自己的名字和一个什么"兵"连在了一起,就停了脚儿。

隔了几日,一个穿军装的兵跟着杨大妈就进了家,宝珍只瞄一眼就相上了。

肩膀宽,个子高、眼睛大,精神!

山东老家,北京当兵,愿意落户上门,和她一起为爸妈养老送终。

1979年的八月节(中秋节)节味儿还没散去的八月十六,宝珍和这个叫"国忠"、小她三岁的兵结婚了。

6年里宝珍的国忠,在北京落了户口,有了单位、上了班儿。她的家里添了闺女儿和儿子。六口之家其乐融融。

结婚第8个年头儿,宝珍觉得家里有了变化。国忠升官了,先是科长后是主任,工作时间加长,回家的次数少了。早先是星期天准回,再后来说忙,就俩儿月一回,慢慢的就一个月、三月,最后是半年十个月了。宝珍心里有了不祥的预兆。

"塌心过日子。"爸话音儿不高。

"好好带孩子。"妈妈似乎也看出了什么。

国忠,年儿三十还是回来了。一家人热热闹闹吃了团圆饺子。

第二年,国忠,没回来过年。提出了离婚。

宝珍没同意"孩子不能没有爹。"

1987年5月,宝珍爸拆了一段院墙垒了一间房子,刷了白,用家里的木条板子做了两个放东西的木架。宝珍妈拿出攒了许久的积蓄和宝珍一起到南苑供销社批发店,取了些酱油、醋、火柴、香皂、毛巾、手套等。

1987年7月18日,"春风百货"开张,宝珍成了掌柜的。

三年后,宝珍的爸,死了。从得病到离去不过仨月。隔一年,宝珍妈桂兰,也住进了医院,而且是一去就没回来……

2007年,北京市重新划归,宝珍的村庄——王各庄,被划进了市区,拆掉了平房变成了高楼大厦的城市模样。

2012年宝珍住进了楼房。爸妈住了一辈子的老宅给她和孩子们换回了三套两居室。儿子家一套,女儿家一套,宝珍自己一套。

"宝珍,大妈再帮你找个伴儿吧?"媒人杨大妈有些愧疚。

61岁的宝珍,手脚利索,面色红润,跳起广场,衰老之色全无。

"宝珍,你的信。"在小区门口老村长递过来一个牛皮纸信封。

信接到手里,宝珍的眼就红了。

她的国忠,来信了……

一个阳光灿烂的早上,宝珍推着一个轮椅,轮椅上坐着一个人,一个压低帽檐儿,带着灰色眼镜、名字叫国忠的人。

吃狗的人

一个冬天的早晨。爸爸抱家一条小狗儿,说是在柴火堆里捡到的。

它扎在爸爸的怀里,抬着一对小眼睛怕怕地看着我。我伸出手去摸它,黑色的小毛儿摸到手里软软的绒绒的,很是舒服。爸爸将它放到暖和的炕上。呦,原来它才那么一点点,比爸爸的手掌大不了多少。它身子一沾到炕,就好像到了家似的卧下了。小眼睛也似睁非睁地阖上了,一副累急了的模样。我好喜欢它,想去摸,又怕吓到它，只好忍住了。那时我7岁。

我喜欢小狗，它好像更喜欢我，因为它的一双亮晶晶的眼睛总是追着看我。我早晨一睁眼，就看见它在炕沿儿下瞪着小眼睛瞅着我。我走、我跳、我出门上学、我背着书包回家，总之我一露面，它就会或歪着头或仰着脸地看着我呢。有时我还没有踏进家门，它好像知道是我，门内的它就开始转圈跳跃，门一开就扑蹦着奔向我，好像它等了我好久好久呢。我呢，自然也高兴的什么似的搂着或牵着它，一起跳蹦转圈。

"它是狗呀"一到这时妈妈就开始说这话，意思是说狗会翻脸咬人。可我常常把这忘了，把它当成了自己的弟弟妹妹呢。手里有了好吃的，自己还没放进嘴里就先扔给它了。我吃，它也吃，它一口我一口。它真是聪明又灵巧。我拿着食物往自己嘴里扔都不一定掉进嘴里，而它，我都不用看它，顺手一扔，不论远近高低，它都身子一跳、脖子一挺、脑袋一歪、大嘴一张，即入口中。此时我们是最快乐的。

每天早晨我一背起书包，它就抬着眼睛看着，我一抬脚，它就颠颠地往院子的大门跑，立在门边等着我，我一到，它就用嘴扯我的裤脚儿，还哼哼唧唧，一副恋恋不舍的样子。

"小黑，好好在家等着，我放学就回来。"我拍着它的脑袋安慰着。它松开裤脚儿，用一双亮闪闪、湿汪汪的眼望着我，直到我一步步走远看不见为止。

小黑，长得真快呀，来我家还不足一年，我还没升三年级，它立起的身子就差不多和我一般高了，而且越发乖巧聪明了。我的话它不仅能听懂，还会算计时间，我每天放学回家，几乎次次它都在门口等着，好像它知道我几点放学似的。

还有一次，我在前面往学校的方向走，总感觉后面有动静，那是个冬日的早晨,天还蒙蒙。我心里有些害怕,可又不敢回头,只好一路小跑着,进了校门,我一回头,竟看到一个熟悉的影子:小黑,正从刚才来时的路上往回跑呢……

小黑来送我上学了!我高兴万分放学一到家就把小黑抱在了怀里。

就这样,小黑又多了一项除了看家护院外的任务——送我上学。

"小黑搞对象了。"有一天下午我放学看见小黑和一条大黄狗在一起跑着玩儿,哥哥这样说。

可是,有一天早晨,我找不到小黑了。那双跟着我跑的眼睛不见了……

上学路上,我走两步就回一次头,总感觉小黑在后面跟着我似的。走走停停,脖子扭来扭去,头转来转去,也没看见小黑……

"你病了吗?"课堂上老师看出我没精神了,一下课就来到近前摸着我的头。

终于盼到下课铃响了!我背起书包撒丫子就往家跑,出校门时还吓了老师同学一跳呢。

"我的小黑,我的小黑在家等着我呢!"

还有十几米就到家了。我放慢脚步,弯着腰、提着腿、落着脚尖儿悄悄往门边靠。心想,到门前儿,我猛一推,准把小黑吓着……

门猛地开了。院里什么动静都没有!

我的眼泪一下子扑了出来:小黑,丢了……

2007年,妈妈说北京城要扩大,咱家就要住楼房变成城里人了。

一天晚饭后,我和妈妈出去玩,看见不远处有一大群人。

"哥俩争那道墙呢!"

"这哪是拆迁呀,简直是拆家呢!"

"都是兄弟有什么过不去的。"妈妈说过去劝劝。

妈妈挤过人群,一看。又扯着我的手出来了。

"就那个人把小黑打死,吃了。"

那个人,是我们家西院的,他有一双很凶的眼睛,只看一下,就让人心里哆嗦。

2009年9月,我们搬进了楼房。

妈妈说,那个吃狗的人,没住上楼房,死了。

大哥大爷大爷爷

大哥,出生在1936年的北京正南的一个小村庄,下有三个弟弟两个妹妹,为此,他这个大哥当得很有滋味。何况妈死得早,爸又常生病呢。

他这个大哥虽然比大妹长三岁,可比小弟大十五呢。当耳边响起弟一声"哥",妹一句"哥哥"时,他这个哥心里不仅听着舒坦自豪而且立马升起一种无以名状的神圣和担当!"保护弟妹、疼爱弟妹"成了神圣的使命。

可他这个大哥,有什么呢?

"哥,我要小鸟儿。"二妹仰着粉嫩的小脸儿伸着手指点着大杨树枝上的小麻雀。

"哥,我要弹弓!"淘气的大弟脑袋一歪,手一摆,腿一弓,拉开

了一个射击架势。

要不了几天,妹有了吱吱叫的小鸟儿,而且还有了一个细柳条编的小鸟笼。

尺摸一尺长的铁丝、半寸宽的自行车红色内胎,要不了十分八分的时间,大弟弟就有了一个可以把小土蛋儿打得满天飞的小弹弓。

"哥哥,我饿……"妹妹流着泪,揪着他的衣角……

"哥,我饿……"弟弟红着眼流泪……

这声音,这情景,从他这个大哥记事起到新中国成立后的六十年代,几乎每天都能听到。母亲病死,父亲病身,弟弟瘦小,妹妹孱弱,本当娶妻成家的哥,又如何能做到。

"找吃的,活命"容不得杂念！下河摸鱼、上树掏鸟、背筐提篮挖野菜,这只能是他这个大哥带着弟弟妹妹能做到的。河里的瓦片扎破了脚,没关系,小镰刀儿割伤了手,不要紧。就是那次树上掏鸟儿摔瘸了腿,他也只是"哼"了几哼就算过去了。不曾想就是这次让自己的身子不再挺立了……

大哥,娶妻难了。那就给妹妹备下出门子的嫁妆,给弟弟攒娶媳妇的彩礼。

他当大哥,当了22年后,就升级为大爷了。

1958年,18岁的大妹嫁了人,大弟19岁娶了老婆,没等两年,他这个大哥就当上了"大爷""大舅了"。

只是十几年的工夫,三间土坯老宅子里就剩下了他大哥自己,屋里屋外自己不发声,就没个动静,就是有点动静,也是老鼠在跑来跑去地折腾。

"大爷"二兄弟牵着儿子来了。

"大爷"老兄弟的小闺女儿拉着弟媳妇的手也进门来了。

"大舅！大舅！"大外甥也来看他来了！

"吃鸡蛋，吃鸡蛋！""快，快把糖装兜里"见着侄男侄女，大哥赶紧把锅里正热乎的鸡蛋往孩子们手里塞。没等立下脚儿，又翻抽屉把不知预备都少日子的糖块从一个小手绢儿里打开，塞进孩子们的小兜里。

见着弟弟妹妹的闺女儿子，他这个大哥甭提多高兴了！虽不是自己亲生的可有什么区别呢！

大哥60岁那年，不用挣工分过日子了，到河北的集市上买了两只羊，当起了羊倌。他一早出门，傍晚进门，他放羊忙，兄弟们、孩子们好像比他还忙。

十天也好，半个月也罢，有时一个月，甚至更长，老宅里也难得有说笑声。

"毕竟有儿有女，娶呀嫁呀，哪样不用钱……"弟弟妹妹要养家，侄男侄女要上学，他这个大哥知道。

"快叫大爷爷！"大侄儿抱着胖乎乎的女儿看他来了。

他这个大哥，在当了25年大爷之后，再次长了辈分——成了大爷爷，有了侄孙女儿……

之后七八年里，侄孙侄女有了十几个。逢年过节，老宅里这一声声"大爷爷""大爷爷"喊得他这个舒服，红包一个一个掏得这个爽快。

这情景，让他美美地享受一整年，就是睡觉，都能笑醒……

2008年，中国要开奥运会，会场就在北京城，市里要整治环境，村里要拆平房盖高楼。

没想到，他这个住了一辈子的"夹生"老宅子，也能换楼房。

"大哥，您可不能轻易吐口。"大妹子说。

"大哥，这房可不能少要了！"二弟弟说。

"大爷,您今后跟我过。"大侄子说。

"大爷,我给您养老!"老侄子抢着嚷。

这十几天里,老宅里妹出弟进,侄来甥往,热热闹闹,仿佛回到了20年前。

"大爷爷,您把房子给谁呀?"小侄孙儿搂着他的脖子把嘴放在他耳边。

2009年冬天,立着的村庄,平了。老宅子,没了踪迹。

2012年春天,一栋栋高楼直插云霄。人们如同过节。

"老二,你大哥呢?"

"小旺,怎么没看见你大爷?"

"我大爷爷,住在幸福养老院了!"

灯光下的男人

腊月二十八的那天,天都擦黑了,他才赶到家。

他的包可不少,肩背、手拎好几个,母亲的、父亲的、丫头小子的,还有老婆子的,吃的用的,想个周到全面。

16岁的儿子,4年前病了,而且病得不轻,病得让他这个当爸的揪心,病得家里到处是欠账……

儿子病了,疼,心疼,哪个养儿育女的爹娘,能不疼啊……

钱,挣钱,挣钱,压得他喘不过气来。几年来脊梁上滚下的汗珠子,能接满满一大盆!可钱,就是接不上从家里流出去的……

四年了,家里几乎没了笑脸,没了笑声。

今年,他终于可以让家里有笑容、有笑声了。

钱,终于挣到手了!丫头上大学的钱,儿子医院"透析"的钱,爹妈养老的钱,都有了!他真为自己自豪!

可他内心还是不由得忐忑……

但,到了家门口,他还是昂着头大踏步进门了。

还是儿子眼尖,他一推门,就奔到了跟前,完全没有病样!"爸!"只一声,他就喝了蜜似的笑了,何况儿子还羞涩地抱了一下他这个爸呢……

小子抢过他的大包,还没上肩就被飞过来喊着"老爸"的丫头抢在怀里!

他的女人,他的爸,他的妈,都笑呵呵地在屋前,看着他,迎接着他……

他,差五天,就整整离家一年了。

回家真好!

丫头一进屋就把包撂在了炕上,撂上炕就拽开了拉锁,拉锁一打开,包里的东西不用掏就自己往外涌。

"奶奶,您的羽绒服!"

"爷爷,您的棉大衣!"丫头兴奋极了。

衣服裹着的东西,出溜一下,就出溜到了炕上。

"电脑!"丫头伸手就抱在了怀里。这是丫头好几年前的愿望啊……

"妈,看我爸给我买手机啦!"儿子也挤了过来,一伸手就把一个长方的盒子攥到了手里。看着儿子举着手机几乎要跳起的样子,他这个当爹的比儿子还高兴呢!

他走过去,拉开内侧拉锁,掏出一个报纸包儿。顺手递给了炕沿儿坐着的老婆,同时还把一件粉红色的毛衣撂在了她怀里……

他担心的事,还是发生了……

麦子还没黄梢儿,他就接到儿子的电话,说无论如何他也得回家一趟!说,这是他妈说的!

"什么事,这么急?就差十几天就回家收麦子了。"儿子不说。问一遍不说,再问就极不耐烦地说:"爱回不回!"

他,大祸临头了……

"一小时,100元。"美术学院当模特,一天四个小时,就是400元。这是他在建筑工地守夜后的第二职业,也是他最重要的收入。这对于五十出头的他来说,也只能这样了。

一年了,没有人知道。他准备再干上两年,等丫头大学一毕业,攒上一年的钱,然后把自己的肾移给儿子,最后回家种地……

回家,真难啊!脸都贴着家门了,脚都站木了,他的手都没抬起来。

门,是父亲开的。

还没进屋,老婆就一伸手把她扯进了屋,而后,就是捶打着大哭:"这叫我们怎么出门呀……"

"爸,你为什么这样啊?我怎么和同学见面呀……"女儿也回来了,哭得泪人一般……

儿子原本是立在屋里的,见着他,竟一摔门出去了。

被扯进屋里的他,低着头,连炕上的娘,都没勇气叫一声。

炕,他没坐,凳子,他也没坐,蹲在了墙角。

一米七的他,团在角落里,在灯光下成了一个黑影。

瞪眼儿奶奶

"还闹？瞪眼儿来了！"只这一声,坐地打滚儿的,咧嘴大哭的,上蹿下跳的,都立马爬起、闭嘴、老实了,瞪着眼矼摸。

扁身子扁脸大眼睛的小脚奶奶可了不得！铜铃似的眼睛一瞪,嘴不张,手不扬,你就小猫儿似的了。

在20世纪六七十年代,"瞪眼儿的"在村里上到七八十的老人,下到吃奶的孩子,没有不知道的。

"瞪眼儿"奶奶坐在托儿所的大炕上,午饭后,手里拿着老长老长的大竹竿,守着从南到北的孩子睡觉。竹竿就在眼前晃荡,不老实,竹竿就落你身上,你要乖乖躺下合眼,竹竿儿就会变成一只妈妈的手,轻轻地捆着你,耳边还能听到的"喔儿喔儿"轻柔舒缓的像唱歌似的催眠曲,送你入梦。

一个多小时后,你睁开眼,睡醒了,"瞪眼儿"奶奶就会把你抄起来搅在怀里把两条小腿儿一分,嘴里"嘘嘘"地给你"把尿"。(引出尿的过程)醒一个,把一个,从南到北挨个来。有的孩子一到"把尿"时就会大哭,可再哭闹的孩子到了手里也都闭了嘴,哑了声。

把完尿,是喝水。奶奶把小缸子装着水,一个一个地放到举着的小手上。要是在夏天,喝过水,"瞪眼儿"奶奶就会带着我们到院子里的大杨树下或丢手绢,或老鹰抓小鸡。

要是在冬天,喝过水,奶奶就和我们坐在大炕上,大眼睛一眯,扁嘴一张"锵——锵,喊——锵——喊……"哼唱起来。我们二

十几个黑头发、红脸蛋儿着着各色花袄的孩子一字排开,卖着力气地前后摇着身子。无论是三岁的还是不足周岁的,只要会坐着,都会挺着腰板,摇着脑袋可着劲儿地摇。随着"瞪眼儿"奶奶的节拍,前、后、前、后……整整齐齐,就像按下电门的机器人。

那时的奶奶笑眯眯的可好看了,孩子们都喜欢她,都忘了她是"瞪眼儿的"了。要是那个孩子听话摇得好,得到奶奶"乖孩子"的夸奖,那孩子一准儿是见着接自己的妈妈抢着说"奶奶夸我了!"

"瞪眼儿"奶奶还会讲故事,会讲好多好多神呀鬼呀狐仙的故事。奶奶说,听话的、做好事的孩子就会有神仙的保佑,要是调皮捣蛋不听话就会被妖怪抓走!有时奶奶还会唱歌说歌谣,听得入迷的我们,有时连妈妈接,还不愿走呢。

"瞪眼儿"奶奶还会给小孩起外号,一起,一个准。一叫上,就改不了口。爱哭爱闹的,叫"小劳逗儿"(让人劳神)。不说理的,叫"小矫情儿",嘴不闲着的,叫"小勺叨儿",管听说听话儿的,叫"小仁义",这都是女孩名,文雅些。要是男孩就难听多了,往裤兜子里拉屎的,叫"屎蛋儿",尿裤子的,叫"臊蛋儿",头发稀少的,叫"秃老婆",爱光屁股的,叫"小鸡巴孩儿"等等。小时候觉得挺好玩,自己有外号也不寒碜,还起着哄地叫别人,这一叫就几十年。而今张不开口了,想改口叫大号,竟不知道了那已四五十岁的人真名大号了。

"瞪眼儿"奶奶家住在村街中间,她家屋前有院儿,房后有园儿,院里栽花儿,园儿里的种菜;花儿五彩缤纷,菜郁郁葱葱,花丛里蜜蜂飞舞,菜地上蜻蜓盘旋。

夕阳西下,月洒银光,这里就开始热闹了。村里十八二十的大姑娘小伙子,还有城里插队俊男靓女,吹口琴的,拉手风琴的,唱歌的,跳舞的,还有听"瞪眼儿"奶奶讲"红楼"说"聊斋"的。

可村里的大人们却不喜欢"瞪眼儿"奶奶。经常告诉自己的孩子,离她家远点,说她:都六七十岁了,还整天描眉打粉儿的不正经(jing3音)。

"瞪眼儿"奶奶有一个二十出头的孙子,常常听到村里人的议论,为此常常跟奶奶吵闹。

1976年9月9日毛主席逝世,举国哀悼。凑巧的事,"瞪眼儿"奶奶的孙子不分时候地又与奶奶大吵大闹起来。这一次比哪一次都凶,甚至还开口骂了奶奶。

想想自己早死的老头子,早死的儿子媳妇,看着眼前一手带大的孙子,倔强的"瞪眼儿"奶奶迈着一双小脚儿走进合作社的商店,买了一瓶敌敌畏揣进了怀里,压着泪向唯一一个过心的老姐妹告别后,一到家就喝了下去……

她死了。扁身子、扁脸、扁嘴以及那双令孩子们害怕的大眼睛,都送进了火葬场,变成灰,装进了一个小盒。

盒子放进骨灰堂,上面写着瞪眼儿奶奶的名字,还有"现行反革命"四个字。

二 舅

"哎,我去机场接二舅啦!"电话里丈夫的声音透着喜兴。

"二舅,是内蒙古那个吗?"我惊喜得有些不信。

"那还有假!"

二舅可是个大忙人,甭说一年到头见不着,就是三年五年见上他一次也不容易。这几年来北京次数不少,可每次都是开会。不是匆匆而来就是急急而去。来来往往十几次,从没在他亲外甥这儿落过脚儿。

丈夫说:刚才接到二舅妈的电话,让他去机场,说一家三口来北京了。

二舅要来了,这可是件求之不得的喜事!

我欢天喜地闯进家门,沏上一壶二舅喜欢喝的茉莉花茶,备上几样瓜果梨桃,炒上一桌我的拿手菜。

我这儿还没站住脚儿,门外就传来了"笛,笛"的喇叭声。

我拉开门,雀儿似的飞了出去。

"二舅!二舅!"我一边叫着一边跑向车门,完全忘了自己外甥媳妇的身份。

"二舅!"我喜滋滋地拉开车门,车座上一个垂着的、满是花发的头,微微抬了抬,一张黄皱纸似的脸迎面扑来!深陷的眼窝动了动,眼皮吃力地撑开……

"二舅?"那花白的头艰难地点了点。

"快,快扶二舅进屋。"丈夫的鼻腔里挂着水音。

望着面前的二舅,我心里顿时就不知被什么给堵上了。

我抖着手,同丈夫一起将这个恍若暮年的老人,连扶带搀地架到了屋里,那身子刚一挨床,就如泥一般瘫软了……

"快,枕头。"我哽噎着喊着发愣的女儿。

"二舅,您这是怎么了?"我泪眼蒙眬……

二舅,您才56岁呀!18岁求学离家,22岁西北工作,一干就是三十多年。

三年前,您回家给姥爷过生日,那是多么精神呀!

五年没回家的您,给姥爷过80岁大寿!那天,瞧您那高兴劲儿,忙东忙西,呼朋唤友,一天也没识闲儿,全然忘记了知识分子的身份。

再看您那吃相,更一扫大知识分子的斯文!吃起姥姥包的饺子,好像一个没出息的孩子,嘴里还没嚼完,就伸着碗"好吃,好吃!再来、再来。"

"哦,哦,快看二舅的吃相!"桌旁的我们看着,哄着,笑着。您红着脸,眨动着黑亮亮的眼睛,看了看一旁眯着眼,笑开了花的姥姥,您那晶亮亮的眼镜片,不知为什么就雾蒙蒙的了……

"快,给二舅弄点吃的吧。"丈夫轻轻地捅了捅正抹着泪眼的我。

这一大桌子拿手菜是白预备了……

做什么呢?二舅什么能吃下去呢?对!饺子。二舅最爱吃饺子了!我想起了二舅在老家吃饺子的情形。

我急忙买来肉馅。和面、做剂儿、擀皮、包饺子。不大一会儿,一盘子香喷喷的饺子就端到了二舅的床前。

"二舅,二舅。"我轻声儿唤着。

床上那泥似的身子,微微动了动。

"您爱吃的饺子!"我加大了音儿。

塌陷的眼窝里放出了一丝光亮。

"您…您得多吃点儿!要不然怎么回去见我姥姥呀……"我哽咽着,泪眼中瞥见的二舅,枯骨一样……

满是青筋的脖子绷了绷,努着劲儿往上抬,丈夫急忙上前,伸出双臂抄起那已无力支撑的身子。

"回……回……"凹下的嘴张了张,耷拉的嘴角往上翘了翘,好像是在笑……

"999"呼啸着把二舅送到了急救室。

"肝昏迷！抢救！"

"障碍性贫血。"

"障碍性贫血"就等于"血癌"！

二舅呀，二舅你才56岁呀……

姥姥……姥姥，80岁的姥姥，包好饺子，等着您回去吃呢……

大年三十，正月十五，八月中秋，姥姥满盖垫儿饺子，包了一次又一次……村口的大槐树底下望了一回又一回……

365张的日历，撕了一圈儿又一圈儿……

入院后的二舅双眼紧闭，气若游丝，病床边的我们，揪着一颗破碎的心，瞪着一双流干泪的眼睛，静静地守候着，等待着，期盼着，向万能的造物主乞求着，祈祷着奇迹出现——二舅快醒来！

奇迹，真的出现了！沉睡的二舅，昏迷了一天一夜的二舅，终于，终于掀开了重如泰山的眼皮，露出了凹在眼眶里好似落入深坑里的眼睛。

二舅看着我们，一次，又一次，那面如蜡纸的脸上，竟然突现了一丝笑容，那笑容竟然孩子一般的灿烂，双眼放亮儿，嘴角儿微翘，脸颊红润，满脸的皱褶也仿佛是一朵绽开的太阳花，惨白的嘴唇也有血色，而且还一上一下不住地扇动着，嘟嘟囔囔叨咕着什么……

"二舅！二舅！"我们急呼。二舅，突然眼睛大睁，射出黑亮黑亮的光彩！

二舅！二舅！二舅！——

二舅走了。二舅真的走了。他飞上了天空，他飞回了日夜思念的家乡，他回到了老妈妈的身边……

肥水不流外人田

这已是她第二笔钱了。

20万,这在当时的九十年代末期,可不是小数字!

大前天,她拿出两万,今天一早,大吴子就把4000块的票子送到了手里。

"20%的利息"太高了!当初大吴子跟她说时,她怎么也不信!可又碍于多年的交情,只好拿出两万,投石问路。

家里的钱向来是她管。百货批发部一开就是12年,效益非常好,这让她男人不得不服!男人,主家里事,做生意挣钱,全是她说了算。

半个月前,大吴子神神秘秘地说,"姐,我有一挣钱的好事:有个朋友与外国老板合资开厂急需资金,要我帮忙筹钱。就借一年,20%的利息,三天返利。"

挣钱,谁不想?食品批发,一箱子酱油,20瓶,不是才挣两块钱吗。

可,这么挣钱她又有点害怕……

"姐,就冲咱俩这交情,您不信我?"

大吴子,要说也不是外人了。舅家的表弟拜把子的兄弟,论亲戚也排的上。论朋友,烟酒公司业务主任,这么多年在生意上没少帮忙。

"姐想好了吗?"大吴子又来电话了。

"姐,过这村可就没这店了……"

"先拿出两万"果子酸的甜的,不咬一口谁知道。

大吴子,把钱拿走了。

一天。一天。她还是心里扑通着。两万,虽说不多,可也是一个多月的收入。

今早,8点一过,大吴子就进门递给她4000块钱。钱一到手里,心就踏实了。不,不是踏实呀,是更不踏实了,是扑通扑通地跳! 要不是有肋叉子护着"心"简直是要扑通出来!

大吴子前脚一走,她就紧跟着出了门,就连后面男人一个劲儿问上哪儿,她都没顾上回答。

20万,她分了5次,才从信用社里取出来。大吴子临走,一再嘱咐,要快! 明早来拿。老板的资金已筹得差不多了,再晚就赶不上了。

"20%?!"男人瞪大了眼。

"你看——"她把大吴子拿回的那沓子钱一晃"真金白银"

"大吴子的朋友,要不好事能轮到咱?"

"我一会儿回娘家,让我哥也凑点。"

"对,肥水不流外人田。"男人也说跟他两个兄弟念叨一声。

好家伙,不到一天的工夫,娘家、婆家兄弟姐妹们就凑了15万。

"大吴子,明早来吧。"她顾不得给放学的儿子做晚饭,就把电话打了出去。

第二天,大吴子来得更早,8点不足就过来了。

20%的利息,更是来得快,没等第三天,次日的晚上就把一大包子钱送到了她家里。她呢,更是钱没撂地就分给了娘家婆家兄弟姐妹们。

"问问他们还要不？"

"是呀，你再问问！"

"我们再给他凑凑。"

点着钱的亲人们，还没等把手里的票子点清，就盘算着下一步了。

手里的钱还没捂热，一转弯，又回到了她手里。而且还像一只老母鸡，还呼啦啦带出一窝一窝的小鸡崽儿。

只隔一宿(xiu)的功夫，娘家大哥、娘家小弟就把自家、媳妇家的钱送到了她家里。婆家的小叔子、小姑子也是如此。

45万！她真没想到，她的亲人们会这样有钱！唉，想当初，年根底下备年货，想借款周转……

要不是男人拦了一下，她本打算，拿出全部家当的。

60万，大吴子，一早就揣进了他的大黑皮包。

一天，过去了。

一天，过去了。

大姑姐来了电话。只闲聊了两句就放下了。

"姐，利息来了吗？"娘家小弟直截了当。

一天。一天。

电话。电话。一个接着一个。

娘家哥嫂两口子来了，屁股还没坐热，小叔子夫妻就进了门。

以往一年也就一两次上门的亲人们，一个星期就三趟两趟地跑来了。开始还嬉笑着，做饭、炒菜、喝酒。再后来就拐弯抹角有意无意地聊到了钱，

"家里人就你脑瓜好使，做买卖见过世面。"

"钱，经你手我们心里踏实……"

"钱，都是你们送上门来的！"她不是没想过发火。

可看着种二亩菜地大哥大嫂,两口子起早恋晚开了小卖店小弟夫妻,打扫街道的小叔子两口子……

"大吴子!"

"大吴子!"

开始那头还有个回音,一个劲儿道歉,说"过几天,过几天。"可过几天再打就"无人接听""用户已关机",到最后,就"没有这个号码"了……

最后,"大吴子!大吴子!"的呼喊声,就在她梦中了……

她要找到烟酒公司"早辞职了!"话比砖头都硬。

她找表弟"我们许久不来往了。"

她腊月钻冰窖,里里外外冻成了一个冰疙瘩。

她是要强的女人"戳脊梁骨的事,不做!"

卖!她一发狠,就把经营12年之久的百货批发部清仓了。

就是这样,还差娘家哥哥一万七千元!

哥说,妹不急啊……

不急?原本150斤的她,仅仅俩月的工夫,就剩120斤了……

疯　娘

英子妈是个疯子,村里人都这么说。可她的头脸却很干净,衣服也不邋遢。不像张疯子李疯子那样打人、骂人,也没看见她大吵大闹。但人们还是这样认为。60多年来,她出门的最大距离就是百米。除了家门口百米远的公共厕所之外别的地方,她再也没去过。

村里人几乎都看见过她一手拿着小笤帚,一手拿着簸箕,嘴里嘟嘟囔囔地走向那厕所。来到厕所内她蹲下身子不是脱裤子解手,而是用小笤帚一下一下清扫地面。碰到屙在坑外的屎尿,她也不嫌脏,总会走到厕所外,用小簸箕铲些沙土,一点点盖在那上面,然后一下一下地搓着,再一点一点清扫干净。无论厕所有多少人,有多少双眼睛看着她,她都会视而不见,依然有条不紊地干自己的。

"她是扫厕所的吗?"有人小声儿猜着。

"不是。是个疯子。"总是有人这样说。

她不聋也不哑,但很少搭腔,甚至连眼皮也不撩一下。

她独来独往,无论路上遇到什么人她也不会抬眼看一眼,更不会开口说话。几十年来英子妈的习惯始终保持着。

英子妈中等个,眼睛大,苹果脸,脸色青白,满头白发,白发过肩。过肩的白发被一根红色的皮套扎着,一条马尾辫松散而随意地垂在身后。

有人总会忍不住要问:"您多大岁数了?"假如问话人是村里的,她就会抬起头:"23(岁)啦!"不大的音儿里透着喜兴,陷在皱纹里的眼睛也会发射出水一样的光亮。

2010年10月,英子妈走了。91岁的高龄,让村里人都很羡慕。60多岁的女儿成了有名的孝子。可守了母亲几十年的英子,想着母亲一生所受的罪,心里总是一阵阵发疼……

站在母亲的遗像前,她久久地望着母亲。母亲方正的脸庞,如雪的白发,深陷的大眼……恍惚间,她看见母亲的眼睛向她眨了一下,好像要表示什么。

她环视了一下母亲的房间,她发现了母亲的小箱,一个褪了色的小红皮箱,母亲一生也没放过手的小红皮箱!她曾多少次想

打开的小红皮箱!

她急忙把小红皮箱抱过来,箱盖一打开,她愣住了!

小红皮箱里并没有她想象的宝贝,而是满满一箱写满字的纸片!一张一张的纸片上除了一个个娟秀的字,还有一点一点的泪痕……

英子妈姓赵,名玉兰,出生在北京城边上的村庄。父亲经商,家道殷实,读书听戏是她打小的生活。小说里的白马王子,戏剧里的白面书生,让少女玉兰怦然心动,不找到心上人不嫁的她,终于在23岁时嫁给了正在部队当飞行员的英俊潇洒的杨志成。

1948年6月的9日,正当女儿不满三岁、一家人正沉醉在幸福之中时,她的丈夫得到一纸命令,从此再无音讯。

年轻的玉兰带着年幼的女儿,从新中国成立前等到新中国成立后,从互助组等到人民公社,经历了三清四查,经历了"文化大革命"。父亲,去了,母亲没了,守着女儿"熬"日子的玉兰,疯了。长发不再柔亮,双颊没了红晕,说话也开始不清,就是眼眶里的放出的光,也是混沌的了。

日子,一天天,一月月,一年年,过去了……

1988年10月1日,一个身着长衫、手拄拐杖、银发白须的老人,走进了英子家的门楼,青砖灰瓦的门楼。

站在老枣树下的英子妈,先是一惊,随后就是泪水……

泪水,似两条小溪从英子妈的许久许久没有感觉的眼里淌了出来……

他,就是当年驾机一去不归的英子爸、那个让英子妈苦苦盼了、等了40个年头、熬疯了的丈夫——杨志成!

银发白须的老人待了不足十日,又走了。

英子妈又"疯"了。

再后来,银发白须的老人又来过一次。

再后来,就一直没见过,听说死在台湾了……

哥哥的理想

哥哥有一个理想,就是吃肉,像吃饽饽那样!

哥哥生在 1960 年,上有四姐,下有两妹。

哥哥爱吃肉,家里再没钱,妈妈也会想法子。

他是谁?妈妈的眼珠子。妈妈说眼珠子还俩呢。而他,是家里的唯一。

爸妈宠他,四个姐姐疼她,至于两个妹妹对于他的特殊性,只能是干瞪眼。

哥哥渐渐长大了,他脑子里开始琢磨事:妈妈为啥总说,姥姥家的过去,小时老是吃肉,就像吃饽饽。可,自打他记事起,过年过节宰头羊杀只鸡,吃肉最多的总是他,其次是姐姐妹妹。而妈妈,就没看见吃过!总以为,是妈妈不爱吃,原来不是。

"让妈妈每天都吃上肉,而且像吃饽饽那样!"于是变成了 15 岁哥哥的理想。

1976 年,哥哥中学毕业,撂下书包,就扛着铁锨到队里帮爸妈挣工分了。那时 16 岁的哥哥还是个大孩子。个子比铁锨把儿也就高一些。开始队里照顾他,让他到老头儿组干活,浇个水,看个地啥的,都是些轻省的活。开始他也没想啥,能挣工分就行。可后来,干了不到一个月,就嚷嚷着不干了,非让妈妈找队长调组,到"大

田"去。

"我是大小伙子,我才不跟一帮老头儿干呢!"

"大田"可都是大老爷们的活呀!当妈的怎舍得让"独生儿子"去呀!妈妈叹着气。劝他凑合着干,家里不指望着他挣那几个工分。可哥哥不干。

大田是什么?就是大片大片的棒子地,大片大片的麦子地。平地、打埂、施肥、锄草、浇水、收割、脱粒、扬场、入库、交公粮、分口粮琐琐碎碎全是靠二三十岁、四五十岁的壮劳力完成的!特别是,挥平耙整地,抡大锄锄草,六月割麦子,九月掰棒子……就是壮劳力干下来,都得脱层皮、掉几斤肉呢!

可是,一米七都不足的哥哥硬挺过来了!就是每年冬天比"大田"更累更苦的"挖河"(修水库河道)也熬过来了!还发明制作了并很快在村里传开的 "宽锄"(加宽的锄)"桶锨"(加长的铁锨)两样武器!

1979 年,哥哥终于熬出了头。妈妈托人弄戗(qiang 四音)让"独生儿子"进了大队的汽车队,开上了车。"大解放"车,轮子一转,一下子把哥哥带出了村庄,带进了北京城,带到了青岛,带到了上海……

"让妈妈每天都吃上肉,而且是像吃饽饽那样吃!"的理想,又增加了"楼上楼下电灯电话"!

1983 年,改革开放的春风从南方吹来,一下子就吹开了哥哥的脑子里的商业细胞。先是学山东人"囤蒜黄",一个冬天闲下来的三十几平方米鱼池,三个月下来,就赚了五六百块!这对于一个月拿不足二百块钱的哥来说,有多的大诱惑呀!

再后来,哥哥又看到了肥嘟嘟的"西装鸡",不顾母亲反对,辞职、借钱、租门面,开起了五里长街第一个"水产肉食中心"。

呵！哥哥一下就"火"了！成了当年京郊第一批"万元户"。

"让妈妈每天都吃上肉，而且是像吃饽饽那样！"的理想，实现了！自己还成了"开着桑塔纳，手拿大哥大的"能人！

1994年的春节，68岁的妈妈住上了儿子给她买的楼房，实现了"楼上楼下电灯电话"！

进入2000年后，人们的脑瓜都发生了质的飞跃，好琢磨的哥哥又发现了新的商机：

开浴池旅馆。五间房的大院子让他满眼生辉！东西厢房儿推了，鱼池填了，柿子树、香椿树、梨树、枣树、苹果树还有门口的老槐树，全砍了！

两个多月的功夫，"美丽岛旅馆浴池"就开张了。原来栽树的地方变成了12间的客房，院中的开花养鱼的地方变成了男女浴池。

洗澡，三元。六十岁老人，免费。

住宿，每人，十元。

呵！哥哥又火了。五里长街，两年的功夫，浴池就开了仨。

哥哥又开始"转"了。哥哥开着他的桑塔纳向更远的地方驶去。礼贤，青云店，这两个离北京天安门五六十公里的地方，被哥哥看中了。

"洗澡，三元。六十岁老人，免费。"就这一招，又让哥哥博了个满堂彩！大兴区的表扬，播上了，北京市的先进奖，得了，70万的"奥迪"把"桑塔纳"换下了。

2004年开始，村子要变成小城镇。于是，村里开始拆迁改造。

树，从房子倒下，从院子的围墙扒掉，柿子树、香椿树、石榴树、苹果树、梨树、枣树、大杨树、老槐树……就成了"票子"成"弃儿"……

2012年，我们的家乡，不再是一个村庄，而是一个城！一个被誉为"王府井"的商业理想城！

新的商机来了。更大更多的商机来了。

我问哥哥，有啥打算？有啥理想？

哥望着这林子样的楼群说，想要一个院子，一个有柿子树、香椿树、石榴树、苹果树的院子。

公平合理

自那天早上，端着水的杯子放不到嘴边，他就有了一种不祥的预感。

果然不久，他就接到了法院的传票。

老实一辈子的他，得罪谁了？

街坊们一头雾水。

他和老伴结婚58年，有四个儿子，一个闺女。这辈子除了儿子闺女，他们两口子心里就没装过别的。

生儿育女，传宗接代，养儿防老，老一辈传下来的。

生儿养儿，盖房子娶儿媳，生女养女，聘闺女陪嫁妆，这是他们两口子的天职，也是他们过日子的目标。

20世纪五六十年代，国家困难，家里困难，缺吃少穿，可再怎么难，日子也得照样过下去。

一个饼子，孩子们先吃，一锅粥，孩子们先喝，一块布料，孩子们先做着穿。上学，可是大事，日子再怎么难过，也不能耽搁。

7口人,7张嘴,就他和媳妇在队里挣工分,年底分红,甭说拿回钱,就是7个人的口粮钱,都不够!白条,白条,一领就七八年。好不容易盼着大儿子,中学毕业,二儿子读完中学,还没敢松口气,媒婆就上门了。

三间屋;两铺炕,大儿大女,都撂不下了,再娶媳妇?

盖房,盖房可不是小事!攒钱盖房,可是比吃饭穿衣大得多的大事。队里的工分是指不上了,他们两口子开始琢磨别的出路。

养鸡,鸡蛋可以补贴日子及孩子的书本费。

养猪,国家收购,既可以得粮食、又可以得现钱,末了猪粪还可以交队里挣几个工分。

累,能少受吗?钱,哪有好挣的。能找到挣钱的道,就知足得了不得!

盖房,盖房,26年,他和老伴给儿子们盖了四处,每个儿子一个院,四间房。

娶媳妇,结婚,娶了四房儿媳,聘了一个闺女。

对了,这其中,他和老伴还把双方的父母养老送终了。

这辈子,不说上对得起天,下对得起地,就对于自己的父母,自己的儿子闺女,可以说,无愧于心了。现如今,他们的孙子孙女都成家了,而且都有了上高中的重孙子了。

他本想着,该和老伴颐养天年了。

可他,却被人告了。而且是,老伴下世,才一年……

他瑟缩在老屋里,害怕极了……

"不公平!"大儿的声音。

"不合理呀……"是老丫头的哭声。

喝二锅头的那个人

晌午时分，街上无人，店里无事，我正迷瞪着。

门帘一动，伸进一个脑袋。鸭舌帽，戴墨镜。

我觑着眼，有意不动。

一只黑瘦的手轻轻撩开门帘儿，一个弓着的身子悄不蔫儿地闪进屋。来人个不高，瘦，着浅灰半袖汗衫、旧蓝裤、黑凉鞋。半袖衫露出两只细胳膊，黑凉鞋露着两只瘦脚丫。他抬脸看看我，又歪头快速两边瞅瞅。而后快速凑到柜台跟前儿。

"呦，您买什么呀？"我故意吃惊地问。吓了那人一个愣。

"有……有二锅头吗？"

来人是买酒的。

"有。"我一指货架。

我开小铺儿十几年，就是酒多。

"您看，您要哪种？红星二锅头？大兴二锅头？还是牛栏山二锅头？"

当我的手刚一指向牛栏山二锅头口杯，"就要那个！"我伸手递给他，还没等我手缩回来，他就把两元钱柜台上一拍，牙就咬开了杯盖上的红塑料封皮儿，还没等我看清他怎么掀开的白色杯盖儿，人家就一仰脖，见底儿了！还没等我醒过腔，人家咂咂嘴，手一抹，出门走人了。

这是晌午，晚末晌，如出一辙，又来了。但不是悄悄地了，而是,两块钱一拍,自己跨进柜台半个身子,一伸手,抄起酒杯,一咬、一掀、一扬脖、杯子一撂、一抹嘴儿,出门。

就这样每天两喝,有时早上还加一杯。

后来一打听,是街坊刘二哥的姐夫,是北京首钢的工人,去年刚退休,就住南街。

"您别这样喝了!"我好意相劝。

"怎么了?"他有些不乐意了,好像还有点儿恼。

"不是不让您喝,我是说您身体……"我赶忙解释。

"告诉你说,想当年,一瓶56°红星二锅头,骑车从家到石景山单位,都没够!这点酒……"

那天刘二哥来买东西,我聊起这事。想着是让他劝劝。

"唉——"他先叹了口气。

"谁不为这着急呀!在单位当点儿官,拉关系跑业务,不说上班有应酬,就是星期天也不着家,不说天天喝,也是隔三岔五的少不了。上了三十年的班,钱没看着多挣,酒量倒是见长。上个月体检,还查出了"肝硬化"……

"忌酒?忌饭都不忌酒!"老婆闺女一劝就翻。

"为此,我姐就来硬的!年节不让我们买酒,就是的亲戚朋友买了,也是客一出门,就当着我姐夫的面'劈了啪啦'全摔碎了。"

"我姐夫也拧,你不让家喝,我就外边喝。有钱,一月好几千呢!我都喝了它!"

半年以后,我的二锅头酒杯,攒了好几箱,送了好多朋友当茶杯使了。

又过了一个月,有个朋友听说我这儿有二锅头酒杯,想要几个。

我告诉她,甭想了。那个喝酒的人,没了。

红　煤

　　大雪朝天儿的早上，天儿还黑着，家家大门都紧关着，隔壁家的街门"咣啷"一声，开了。

　　早就穿好衣服在屋里猫着的我，三步两步就奔向大门，拎起昨晚儿就备好的口袋，脚尖点地、手指拉门、探头侧目：

　　"出来了！"抬腿、歪身、上三轮，坐正、扶把、身子一挺、脚底用劲儿，就拐过街口儿向南了。

　　我像一只发现猎物的猫咪一样，极快、极轻、极隐秘地尾随着……骑着三轮的身影，很快就让我捉到了，而且是休想逃脱。

　　也不知今天怎么了，以往总是追丢的身影，今天好像知道我在身后似的，故意制造假象放慢了速度，不仅晃晃悠悠地不着急，就连那身板也是松松松垮垮地弓着。在浸满寒气的早雾里，那身影就像一团浓雾飘忽着，时上时下忽高忽低，有气无力地向前晃动……

　　我真担心雾再大些会把他吞了，眼看着消失……

　　从前大步流星的你哪去了？你快挺直腰板使劲蹬呀！再不着急，你的宝贝就没了！后面跟着的我，急得恨不能三步两步冲上去，一把夺过三轮替他蹬！

　　小三轮儿，终于停下了，停在了一个垃圾堆旁边。他慢慢腾腾偏下腿下了车，提起小桶儿。

　　我发现今儿的小桶儿比先前儿的小了，也不是铁锈的了，换成了一个红漆桶。桶里有两样家伙,一把小铁钩子,一把小铁夹,这两样家伙很亮,在雾气里闪闪发光。特别是攥在手里的那把儿,就像一盏灯,随着翻动的手腕,一闪一闪的……

宝贝出现了!弯着的腰儿近成了"O"型,手里的钩子也随即换成了夹子。

咣当!宝贝放进了桶里!

咣当!又是一块!这回我真急了!竟不管不顾地跨上近前!

"你?!"我的出现把正在聚精会神"淘宝"的他吓了一大跳!

唉!我打眼一看就泄了气。哪儿是什么宝贝呀!小红桶里满是人家烧剩下的、灰不溜秋的"煤核儿"!

就这"煤核儿",也叫宝贝?也值得您起早恋晚地忙活?也值得您风霜雨雪的寻找?

西院大叔家穷吗?就20世纪六七十年代来说,家家都一样。可对于我们家来说,大叔家可算富裕多了!

首先,他家是居民,是靠工资生活的,这比靠挣"工分"过日子的庄稼人儿,强得不是一星儿半点儿。

那是大叔家缺煤烧?那更不是了!人家大叔在煤场工作。那可是人人羡慕,人人巴结的好差事!别说在煤场的不缺煤烧,就是沾点儿边的亲戚朋友都不至于!

那就奇了怪了?身穿工作服的大叔,何苦要垃圾堆里灰头土脸地忙活呀?!

大叔爱"煤核儿","胜过爱自己的命"大叔的老伴说的。最终,这话还就真的"应点"了……

那是一个早上,一个下着雪的刮着风的早上,也是一个天色还迷蒙的早上,

大叔依旧起得很早。骑着三轮,是辆崭新的三轮,三轮车是大

孙子孝敬他的。车上依旧是小红桶，依旧是那两把家伙——铁钩儿铁夹儿。

呼——！一辆卡车从他的身边窜了过去。车子带过的风吹了他一侧(zhai)歪。"哗啦啦"从车上爆腾扬场地撒下一溜。低头一看锅炉下来的焦子(炉灰渣)。

大叔停下车，拎起红色的小桶儿，弯下腰，拿出小铁钩，在那一溜儿焦子上扒拉，放下钩子，拿起夹"当！当！当！"一块又一块灰黑色的煤核儿在小红桶儿里发出有力的撞击的声。一声接一声地在清冷的雾中回荡，就像一淘气的孩子在安静的水面不断扔下石子，故意打破那平静。小桶儿很快就拣满了，大叔直起腰，提起小桶儿，就在这时又一辆拉焦子的大车开了过来。

大叔，倒下了。一地的"煤核儿"，一地的血……

一块一块的"煤核儿"被红红的血一点点洇湿了，浸透了……

本来灰黑色的煤核儿，此时却变得黑亮黑亮！

刚刚初升的太阳，把光照在黑亮的煤核儿上，煤核儿折射出太阳的光芒，可那光明显不是太阳的了，金黄中透着一丝丝血红……

"煤是红的"大叔总是这样说，许多人都笑他色盲。

大叔在他十几岁的时候，"下过煤窑，挖过煤，而且一挖就是三年"这是大叔的老伴说的。

街上的一景

刘二又喝酒了。

他一喝酒,半条街的人都知道。

这不,又举着笤帚追得老婆满街跑呢。

这一出儿,简直成村里一景了。三五天不上演一场,村里就好像缺了什么。

不是村里人好闹不和,喜欢看人家两口子打架斗嘴,实在是这架,没法儿劝、没法儿说和。今儿劝了,过两天照样来。这都不说,有时还让满嘴酒气的那口子弄得下不来台。而这架的源头,啥也不是,纯粹是酒烧的!

几场架下来,他老婆总结出一个经验,他酒劲一上来,别让他摸着你,否则,他祖老三太太骂你是轻的,扬手就打,抄东西就砍,也不含糊!他老人家第二天,觉一醒,看你受伤的胳膊、青了的眼,还一脸无辜茫然呢。

"跑!"是老婆发现的、行之有效的对付他的办法。

跑,跑出家门、出胡同、上街,一直跑得那喝酒的醉鬼,离拉歪斜爬不起来,一屁股瘫在地上,之后,街坊一搭手,扔到炕上拉倒。

先开始,老婆嫌丢人,孩子也觉得寒碜,可不这么着,又怎么样呢。

离婚?村里人不兴这个。就算像现在似的无所谓,他老婆也干不出来。三闺女,一儿子呢,何况一丫头一小子像她一样嘿喽喘

气(气管炎)呢。

丢人、寒碜,一次,两次,习惯了,就一样了。街坊们,一次笑话,两次指点,慢慢也就不新鲜了。

这样一来,两口子就从二十郎当岁,打成了七十多岁老头子老太太。

大闺女儿抱孙子、二闺女儿聘闺女儿、三闺女儿有儿子,小儿子的儿子考上大学。好家伙,一算,小五十年啦!

两口子打架,生孩子过日子,一点儿也不耽误。聘闺女儿、娶儿媳,一样没撇下!

刘二不喝酒时,明白着呢。之所以打老婆,是因为他牛气!

北京市建筑公司的工人,吃皇粮、月月拿现钱的国家职工!虽然自己也是村里送出去的。可这,在村里也就是有数的五六个呀!

老婆是谁?离北京城 60 里外的"怯南乡"!虽然当初娶她时,自己还没当工人。可现在不同了嘛。

打老婆,是显示自己的权威!当然不能把老婆打跑了。失手打重了,也会低低头陪陪笑脸。一家老小的日子,不还得靠人家嘛。

这一点,刘二,心里明白着呢。

刘二老婆呢,挨打挨骂,就乐意接受?那是不正常!开始"忍",不忍怎么着?嚷嚷出去有什么好?"嫁出的闺女,泼出的水"娘家管也好,不管也好,结果还不都一样,就刘二那脾气还不是"外甥点灯笼"照旧(舅)。后来也想开了,就"顺"。男人在外上班也许受了气,在家找碴出气口呢。丫头小子身子搁不住,可不就找禁得住的呗。那咱就想辙,既让他出了气,咱也不受伤。

这么来,刘二喝酒撒疯追得老婆满街跑,就成了习惯,也成了村里一景。

这景,一直演到 2008 年村子拆迁的尾声,突然就断了。

75岁刘二住进了医院,临了,却是拉着打了一辈子的老婆一双枯瘦的手,流着泪,走了……

村里街坊都去送行,心里面都为他老婆松了一口气。

但,不久就听说刘二老婆也住进了医院。

刘二老婆身子不好,嘿喽喘气一辈子了,吃药打针甚至住院,都不新鲜,老病秧子了,几十年了,禁扛着呢。

可这次刘二老婆,没扛过去,老头子还没走百天儿,她就找他去了。

她把自己发送了

昨儿晚上,刚到母亲家。一进门,八十多岁的母亲就慌里慌张地告诉我:老上你那儿聊天的刘记店老太太被车撞死了!

"啊——"我禁不住大叫起来,心猛地一疼!泪几乎同时落了下来……

我知道,刘记店老太太是我们村里唯一的没儿没女、最能体现社会主义优越性享受"五保户"待遇、九十多岁还能骑着三轮车上街转悠的、幸福得还能害羞脸红的老太太,而今才搬进楼房不足半月,还没拿国家长寿奖——月奖一百,就被车轮——就在新家门口夺去了性命、把她美丽幸福的日子活生生斩断了……

我和这个比自己大一倍还多的老太太,非亲非故,可她的离去却让我心痛了,失眠了……

刘记店老太太,娘家在村南头八队,婆家在村中间六队。十四

岁嫁给刘记当媳妇。虽然刘记是个开店的,有十几间房产,可一进门的她,住的并不是宽屋子大炕,而是一件类似羊圈的小屋子。十几岁的她,收拾屋子、扫院子、做饭、伺候公婆,一样也不能少干。

后来听母亲说,当时的刘记开的是"花子店",住的都是穷人,几乎全是要饭的花子。

活不怕干,反正自己也是穷人家的孩子,扫地擦桌子,也是干惯了的。

"我是有过儿女的,可都是几个月就得病死了……

公婆再好心也架不住,没有了孙男嫡女儿的打击呀,老两口没过七十岁就先后死了。剩下我们两口子支撑着这个"花子店"。其实说是开店的,住店的都是穷人,几乎跟不要钱差不多,都是公婆留下的老人,都混个半熟脸,大冷的天奔你来了,你好意思往外轰?住就住呗。

一天两天、一个月俩月、三年、五年、十年八载老是这样,不就是剩下几间破房子了,最后,连修的本钱都没有了。

解放军来北京那会儿,老头子闹病,病起来就不好,嘿儿喽带喘的,一口痰没上来,就卡死了……

后来解放了,村大队干部来我家,看六十来岁的我,一个人过,挺不容易的,问我愿不愿意,入"五保户",就是大队管你吃喝住,有病看病,派人专门伺候你,给你养老送终。我呢,就是把刘记店的房,给大队当大队部用。我一听觉得还不错,就同意了。

我不用到队里干活,吃喝零用钱都有人送来,我自己能做饭洗衣服,没让队里派人伺候。有时闲下来,还拿着笤帚帮大队部扫扫院子。大队干部都是过去的老街坊,说话搭理儿都挺和气,对我都挺好。

我娘家有人,婆家也有叔伯侄子啥的,他们都是过年过节来看看。

前两年,村里闹拆迁,往我屋子里跑的人多了。都是以前不常来的亲戚。

侄子、外甥还有叔伯兄弟,都给我出主意,让我把刘记店的房子,从大队手里要回来。他们说能换我几辈子用不完的钱。

我装聋,光看着他们笑,不言语。

他们来了几次,看我没有要房子的意思,就都不来了,就是年节,也是不说不笑地走过场了。

那年下大雪,要不是你送来一箱方便面,还真不知怎么出去买吃的呢。

我想起来,那雪哩哩啦啦下了一天半宿,接着又刮风。我遛弯遛到大队门口想起了刘大妈,买方便面其实是顺手的。没想到真就用着了。

去年,大队部准备拆了,要我搬进楼房,是一层,挺方便。骑着三轮车,一样遛弯。我九十岁了,腿脚走着费劲,可骑着车,就轻松多了。每天不出来围着村里转一圈,心里就觉着不舒坦。

刘记店的大妈,被汽车撞死了,大队干部清理老太太屋子时,发现衣箱底下有近万块钱,加上大队每年给老太太的存进银行的生活费,大约有五万。

大队给老太太办后事,置办了近二十桌酒席,老太太的亲戚都来送行了。老太太要离开了,按着丧礼,应该儿女晚辈亲人打幡儿抱罐儿。老太太无儿无女,侄男甥女理当啊!可,张啰人吆喝了好几遍,也无人应。

后来大队干部说,谁出来,给 500 块钱。话音一落地,几个侄子就都出来。可又用不了,只得留下两个,一个打幡儿,一个抱罐儿。

刘记店的老太太入土安葬，花费一共五万。

老太太自己把自己发送了。

镜　湖

村边有一片湖，很诱人。我，就是它，伴着长大的。

小时候，我们每天都涌向它。男孩儿，一到湖边，就脱衣服"扑通、扑通"往里跳，游泳、捉鱼、摸虾，玩得不亦乐乎。女孩子胆小，站在湖边，看着他们打水仗，看着他们抓鱼，为他们叫好助威！

早上，湖水很美，一眼望去，镜子一般，没波、没浪，静，静得你，都不敢呼吸……

小鱼儿摇着尾巴，小虾儿扭着腰肢，燕儿展着翅膀，柳枝低垂，小花微开，小草儿衔着露水……

太阳来了。缓缓地、慢慢地，抽出红丝……红霞徐徐展开，灰云渐渐远去……"砰"的一声，太阳，跳了出来！又红又大，赫然而立！天红，地红，水红，如梦如幻……

小鱼儿红了，小虾儿红了，小花儿红了、小草儿红了，就是飞翔在湖水之上的燕儿，也红光耀眼……

这片湖水，很清。不仅可以清楚地照出自己的笑脸，还可以看见湖底的白色石子。不要说夏天，就是冬天结上一层冰，你也能看见冰下的鱼儿游动的身影，若是光线好，就是一排排鱼骨也能清晰可见。

爷爷说，这湖，叫镜湖。可以当镜子。人站在它面前，能照出人影,也能照出人心。谁要是做了坏事,它一照,就能发现。因为那个人的影子模糊,心口处就会出现黑影。

我们不管这些,每天拿它当镜子,对着它笑。

三十年过去了,长大的我们,却不知还敢不敢立在湖边,对着它嬉戏打闹。

看磨坊的艾大爷

晚饭刚过,爸就拎着口袋进屋了。"哗"金黄的棒子粒就倒进放倒的笸箩里。

"丫头,早点睡,明早儿跟你爸推点棒子面去。"擦棒子粒儿的妈妈说。

推磨,白面也好,棒子面也罢,从我能干这活开始,就一直是老爸和我。推白面一个人就行,小钢磨,矮,我一欠脚儿就能看见料斗底儿。一簸箕麦子胳膊一抬就进去。推棒子面不行,那磨大,料斗高,要把棒子粒倒进去,就得个高的老爸,提口袋(di一音)、迈台阶、手一抖喽,一百多斤的棒子"哗"就进了大料斗。

推棒子面的磨,是石磨,当初我也没见过,直到有一天,老爸说,明儿不用起早儿了,才从老爸那儿知道,明儿个"打磨",磨坊停一天。啥叫打磨?爸说就是修磨。

那天下午,去托儿所接小妹,磨坊与托儿所借一道墙儿,路过磨坊时果真看见一个人正在磨坊门前,叮叮当当敲打一个大锅盖似的大石盘。当初我不知道这就是推棒子面的磨,一看时间还早,

就凑了过去。

石盘很大,三个小孩都能坐上。厚厚的,有一块立砖高。石头中间有一个鸡蛋大的圆孔,圆孔围绕许多沟沟,沟沟排着队就像太阳的光芒。

石盘边坐着一个人,白帽子、白口罩、白手套、蓝大褂儿,戴着眼镜,弯着腰、低着头,一手拿小锤儿,一手握铁棍儿,正"叮叮当当"敲打着。

铁棍儿一头是个扁铲儿,紧贴着沟底,锤敲一下,扁铲儿就"咔哒"蹦一下,同时碎石四射"叮叮当当、咔嗒咔嗒……"传出很远。

那人敲完一沟儿,又一沟儿……好半天,才撂下,摘下手套,端起另一石盘上的白瓷缸子,"咕咚咕咚"就是一阵。

他摘下眼镜,这时,我才看清:大老艾。就是每次跟爸推磨时,见着不敢吭声,不敢抬眼皮的那个人。

大老艾,是爸妈这么大年纪的人叫的,我们可不敢,就是背后叫,让爸妈听见都挨吓(xia 一音)唬"大老艾是你们叫的!你们得叫"大爷(ye 四音)。"

可叫的时候少,为啥?怕他,老远看见他,就撒丫子,躲了。这个大爷整脸子,不会笑。每回进磨坊见着,都得(dei)壮着胆子叫一声"大爷"回的也只是鼻子里似有似无的一声"嗯"。

爸爸把一口袋棒子倒进料斗,看磨的艾大爷伸手握住一黑瓷块上的白手把儿,往上一推,"轰"的一声,磨就开始动了。

我呢,早就踩着台阶下到一个长方形的水泥池子里了。长方形的大箩(细眼儿筛),磨一动,箩就开始"一、二、一、二"前后晃动,随着晃动箩里出现排着队的棒子渣儿,从一头"蹦跶、蹦跶……"跳向另一头。

我呢，不能光眼盯着，耳朵儿还要猫似的警醒着。我的任务是，拿簸箕接跳下来的棒子渣儿，还有箩底下筛下来的棒子面。箩底下的棒子面细，下来的慢，能容工夫，就是手慢点心里也不害怕。因为簸箕满了，手一扬就倒台子上的笸箩里了。

跳下的棒子渣儿不行，它们是箩上的，要回大料斗儿里呢。一簸箕接满要放在笸箩里等着。多会儿守着料斗儿的、坐在高高椅子上、合着眼的大爷一声"哼"，你就得（dei）赶紧举过去，一簸箕一簸箕得快呢！要不然，大爷一声"哼"又会吓你一哆嗦。先开始棒子渣儿大且多，还容你犯个愣，越往后渣子越小量也越少，一会儿、一会儿的等不了簸箕满，甚至一半或更少，就得往上举，弄得你手忙脚乱的。

可再忙，也得想着第二过儿时把渣子撮出来放到一边的小筛子里逛荡逛荡留下熬粥用的棒子糁儿，否则，就喝不上棒子糁儿粥了。

20世纪90年代中期，村里出现三个面粉加工厂，磨坊关闭，守了20多年磨坊的艾大爷回家，两间灰白色的磨坊推倒，弯斜的胡同消失。

2000年4月的一天，带着女儿回娘家，一处向阳的墙根儿下，坐着一个老人："艾大爷！"

把正觑着眼儿看老爷儿的人，吓了一跳"这丫头。"随即一张笑脸就出现了。

艾大爷是山东人，新中国成立前孤身逃荒到北京，靠扛长活打短工活命。新中国成立后，分了房子、有了土地、入了社，日子才好过。"大跃进"那年才把老伴儿子接过来，现如今儿子，都七十多了，孙子也娶媳妇了。

坐在阳光下的艾大爷，面色红润，白眉银发，说话音柔气稳，一副老寿星的模样。

"大爷高寿了？"我打着哈哈。

"还小呢。"大爷眼睛眯成了一条缝儿。

"还小？92啦！"过路的街坊笑着说。

刻在心里的眼睛

五月的天，早五点，天还蒙蒙着，窗外的小鹦鹉就开场了。

她借着窗户亮儿，穿衣下地，出屋、刷牙、洗脸都是压着声儿，因为女儿还睡着。

院里的有一双眼睛始终追随着她。其实屋里的她一翻身还没等她坐直，院外的就亮着眼睛转着尾巴，跳跃着准备迎接了。其实她还要小一会儿出来呢。

她一出来，那两只大眼睛就离不开她啦。它先是安静地卧下。一会儿把大脑袋伏在两只前爪上，一会儿又扬起来抻着；一会儿往左歪歪，一会儿右侧侧。这一连串的动作，是干吗呢？那是跟眼走，眼又是随着她转呢。她呢，又牵着它的心思呢。

她开始没注意。洗脸、刷牙偶尔的一瞥，她就看到了，迈腿进屋前的一扭脸，又看见了，拎包出门，回头一看：那双眼睛更是水汪汪的对着呢，亮闪闪的似乎有更多的不舍呢……

洗漱已毕，她把钥匙一拿，它就一跃而起开始欢呼了，连奔带蹿地冲向红砖门楼。钥匙哗啦啦的声音，对于它仿佛就是冲锋号呢！

出大门、过小巷、穿公路,它就像她贴身保镖,寸步不离。

出了村,看见绿油油的田野,她们的脚步就开始疯癫了。它在前面撒花儿,她在后面跳跃,大花喜鹊在高大的杨树枝上载歌载舞,小麻雀在点缀着粉红花朵的绿草丛中起飞降落;大片大片绿油油的麦苗衔着晶莹的露珠、荡着欢快的舞步等待着、迎接着红艳艳的太阳初升!

一个小时,每天一个小时,她和它在这个大舞台上欢悦着、享受着……

春天赏嫩芽儿,盛夏享浓绿,就是冬天飘雪刮风的日子,也能踏着厚厚的白雪、闻着欢快的鹊鸣,起舞、陶醉…………

美丽的清晨啊,你是花儿的舞台,你是露珠儿的舞台,你是鸟儿的舞台,更是我和阿龙的舞厅!

六点一过,她和它就往回走了。

"阿龙,靠边儿走。"路上汽车穿梭,她怕车碰到它。

她的阿龙听话,对于她可以说是俯首帖耳,可不知为啥就这件事,总是让她说几遍。

阿龙抬起头,看了她一眼。又接着走。

"阿龙,我说你呢!靠着边走。"她加重了语气,同时用食指点着它。

它摇着一下尾巴,低下脑袋,极不情愿地把身子挪到了她的里侧。其实它是想保护她呢。

一进家门,兔子黑黑,就一蹦一蹿奔过来了。阿龙低下大脑袋吻了一下它的黑头。兔子黑黑就像得到什么奖似的,一个就地跳跃小旋风一般尥走了。

花猫咪咪"喵喵"着扭搭过来,阿龙眼里起了亮光,伸出粉红的舌头,母亲一般舔舐着花猫咪咪柔软的绒毛。

花猫咪咪是个弃儿,是她的女儿捡回家的。拳头大的它像一团乱草。是刚做母亲的阿龙不嫌弃,孩子似的喂大了。

德国犬黑背阿龙,从一个月时入户登门,已13年,早已是家中一员了,看家守院之功,不要说她,就是左邻右舍也交口称赞呢。

2007年春天,村里嚷嚷拆迁,她心里开始慌乱了,阿龙好像也是,神情总是显出无奈。

2008年冬天,村子拆平了。

她的家,一下子散了……

花猫咪咪一家,逃了,兔子黑黑,送走了,满院子的花草,也遣散了……

她们一家借居别人的屋檐下,跟随她13年的阿龙,不得不含着泪水分开了……

仅仅两个多月,离家仅仅68天,在一个寒风刺骨的深夜——2009年11月28日,德国犬黑背阿龙合上了它的双眼,与这个世界永别了……

快跟我发财

"我姐好几个月不回家了。"小玲一见着我就拉起了我的手,急切地说。

"她还要与我姐夫离婚呢。"

我有些吃惊。

大玲有外遇？还要离婚？

要说别人，可能。她，怎么可能呢。

别人也许我不知道，她，我太了解了！

不说别的，就那长相儿：小头儿、凹脸、鼓眼、大嘴岔，不开口，噘嘴，张嘴儿，就是大喇叭。再说腿儿，站着歪，走起来更不正。脑袋瓜儿，更不灵！上学，纯粹是跟班跑。中学读完，甭说写，就是读，也超不过百十个字。

可是她没坏心眼儿，特别是我上小学三年级学自行车把腿摔坏，是她，坚持一个多月扶我上下学。为此我心存感激。我和她的关系也因此比别人亲近些。

"大玲"我拨通了她的电话。

"我可想你啦……哈哈哈"听到我的声音大玲毫不掩饰她的兴奋。

我把家的地址、乘车路线告诉她，约她明天来家。

一下车，她就抓住我的两只手，使劲晃"我真想你呀！"

大玲比三年前住平房时瘦了，腰也有些塌，脸也好像小了，眼睛也不那么明亮。嗓门也没以前高亢了。

"吃饭了吗？"下午三点本该是过了饭点的。

"你吃了吗？"我一看她的样子就知道：她没吃饭。

我进厨房端出炖牛肉和一盘烧鸡。

"有红酒吗？"她还真行，不客气地要起了酒。

酒，当然有。我借势正好让她兴奋。

"你在家干吗？"两杯酒下肚大玲开始说话。

"跟我发财去吧！"她两眼放光两颊绯红。

"发财？哪有什么财可发。"她能发财？遍地人都能。

"上课，别人教你！"她眼珠子瞪得老大。

"三万五，一交，就等着住别墅，开'宝马'！"

"你挣钱了吗？"

"现在还没有……可他们说了，用不了多久！"

她家拆迁款，总共就剩7万元！！

"大玲，你上当了！"

"跟村主任说吧？"面对突如其来的情况我想到了村主任。

"不行！不行！"她摇着头红着脸摆着手。

"他是好人！你看这房子，就是他帮我装修的，家具也是他帮我买。"隔日我去了大玲回迁安置的一居室。

"你，上当了。三万五呀！"真心为她着急。

"不可能！他是好人！"大龄大着嗓门。

"报警吧！"

"不，不报警。"

"大玲，我也想发财。"我决定看看去。

河北省廊坊市一座高级宾馆，一个宽敞明亮的大厅里，一位衣冠楚楚，打着领带、带着金丝边眼镜的中年男人，面对黑压压翘首聆听的人们，口吐莲花，滔滔不绝。主题就是：快跟我发财！

发财？谁发财？

前不久，我看见了大玲，在寒风中开着一辆"摩的"载客。

兰　兰

村里有个女人,叫兰兰,兰花的兰。

兰兰是个城里人,所以才有这个好听的名,张嘴一叫"兰兰"仿佛就有兰花的香味飘过来一样。

兰兰不但名字好听,长得也好看,不但双眼皮大眼睛,还很白,胖乎乎的脸微微一红就是要笑,一笑呢,粉红的脸蛋上就出现俩酒窝儿。

柱子贴喜字那天早上,村里人大多数还在家喝粥吃贴饼子就咸菜呢。一挂鞭,突然就响了!人们跑出来了,有的拿着饽饽、有的端着粥碗的。鞭,石柱子放的。

"不年不节的,柱子你吃饱撑的……"可话音还没落地儿,就看见一辆黑色的轿车,停在了柱子家歪斜的门楼前了。紧跟着轿车门一开,就下来了一个穿大红棉袄的女人。

人们还没醒过神儿来,这个女人就冲他们笑了。

"柱子娶媳妇了!"

"城里的!"

"娘家还是大官呢!"

"陪嫁还有一个大衣柜呢!"

"这回傻柱子可闹着喽。"

柱子不傻,只是有些憨,爹娘死得早,又上没兄下没弟,"一人吃饱全家不饿"的日子,一过就近三十年。人一憨再一懒,衣服不洗,脸再懒得划拉,谁见着不说傻才怪呢。

"嘿,傻人有傻命,娶了一个漂亮媳妇不说,人家娘家还每月给五块钱!"村人嫉妒,柱子美。

可没几天,柱子就明白了:"18岁的漂亮的媳妇,除了名字好听,笑得好看,啥也不会……"

她,兰兰,才是真正的"傻子"。

衣服不会洗,贴饼子也不会贴,就是熬得的粥,都得他柱子盛进碗里端给她。

不会就不会吧,你倒是给我生个"后"呀!娶进门三年五年也没给我生个丫头小子。最可气的是,说好的每月五块钱,给了不到一年,也没了。

我一个人,挣两个人的口粮,一年挣下的工分都不够交的。过日子买盐打酱油,要不是几只小鸡子下蛋支着,早喝西北风啦!

我不愿打人,兰兰好歹也是咱媳妇。可心里气呀!这不,一个巴掌下去,又把兰兰打跑了……

天黑了,兰兰找不着家了。前面有亮儿,她就奔了过去。到跟前儿,亮儿,又没了。

"那有灯,好亮呦"兰兰迈开脚步使劲跑,生怕再没了。

唉,原来是一辆汽车停了一下,还没等气喘吁吁的兰兰跑到近前,就"嗖"地开走了。

"天好黑呦……"兰兰有些怕。

"哎儿……哎儿"

"小孩儿哭?"

兰兰爹着胆子,挪了挪身子。

孩子的哭声慢慢小了。后来没声了。

"哎儿……哎儿……"

"真是小孩儿!"兰兰一下子就把路边的小被卷抱在了怀里。

"真凉！"兰兰刚把脸挨近孩子就嚷了起来。

"给她热热、给她热热……兰兰扯开棉袄就把孩子往怀里揣。

"快回家！快回家！"兰兰瞪着眼，迈着腿就往回跑。

兰兰居然找到了家。而且抱回一个孩子。

"柱子哥哥……柱子哥哥……"柱子顾不得提上鞋，就跑了出来。

"嘻嘻……宝宝……叫妈妈。""嘻嘻……宝宝……叫妈妈。"从此，兰兰口里除了"嘻嘻"，又多了"宝宝……叫妈妈。"

"孩子，放我这儿，我帮你喂。"东院的张大妈热心。

"妈……妈"女儿还不到九个月就喊出了声。

"嘻嘻……宝宝，叫妈妈。""妈……妈"成了柱子家的主旋律。

女儿渐渐长高了，很快与兰兰平头了。可"妈妈"的喊声却逐渐少了，原本中、低音的二重唱，只有"嘻嘻……宝宝，叫妈妈。"兰兰独唱了……

女儿考上了高中，柱子高兴！不但自己喝了酒，还把张大妈一家请进了门。

"宝宝，叫妈妈——"有一天晚上，柱子院子里突然传来了兰兰的哭喊声！

"让她亲妈认走了。"

"真没良心！"

"撇下六七十岁的老两口子怎么过呀！"

柱子病了。只过了两个月，就没了气儿。

"柱子哥哥……柱子哥哥……"兰兰拉着柱子的手，任人怎么掰也掰不开……

2007 年，北京城重新划归市区，五环内的村庄一下子成了北京市区，农民成了市民，平房要换成高楼。

兰兰娘家来人了。哥哥开着大轿车,嫂子拎着大果篮。一进门嫂子还拿着红毛衣,给兰兰穿在了身上。

"妈妈!"兰兰的女儿也回来了。

"嘻嘻……宝宝,叫妈妈。"兰兰欢喜的什么似的。

老当当

"当当"它原本是指声音。老当当,"当"念"dang"的第三声,就是一个人的绰号了。

老当当,个头儿不高,扁脸,大眼,皮肤微黑带红,腰粗腿短,脚丫子大,迈起腿不会轻放,脚一落就把地砸得哐哐的,腰一扭两个肩膀就一斜一斜的,两只胳膊更是一甩一甩上下翻飞。大嘴一张,嗓音还瓮声瓮气的。那心眼儿,更是小胡同儿赶猪——直来直去。

他是党员,而且是有近 40 年的党龄。我有些疑惑,不但我,而且他、他、她好多人呢。

我有刨根问底的毛病,打听了,也问了。原来他是沾了"当当"的光!

年轻时,二十岁上下的年纪,说话冲,办事干脆,每个人都差不多。人家老当当(那会儿还没这个绰号)更是得加个"更"字。领导的话,听!百分百照办,而且办得当当!没看见人,就听那声儿,就知道卖多大力啦!今年不足七十的他,那会儿正赶上"文革",革委会主任一声令下,打倒谁,他准第一个上前一按胳膊喊"交待!"。说抄谁的家,他抬起大脚丫子就踹谁家的门。

政府号召义务献血,他撩起胳膊"先抽我的!"瓮声瓮气地一点不含糊。为此,入了党,还当上了民兵连长。"老当当"的名字就是那会儿叫开的。但这个名字可不能谁都敢叫,得是可以跟他开玩笑的平辈或长辈。晚辈或年纪小的可不敢,就是叫,也是背后喊喊而已。

老当当不贪,当了几年干部,没落(lao)什么恶名,"文革"是得罪过的人,恨他,也是有的,但也不是仇恨,见着面还是说话打哈哈的"你这个老当当……"而他呢,也不深思,干了就是干了,又不是我的错,一副坦坦荡荡的样子。别人不提,他也不说。就是挨整的人,或想挖苦他的人说起,他也是一副大言不惭地"嗞"一声"提它干吗!",好像那事跟他没多大关系似的。

老当当上了年纪,不当干部了,村里让他看门,守着村委会大门,他哈哈一笑,去了。一把扫帚,大院扫干净了。一张报纸,一天的大事知道了。一杯浓茶,从早到晚喝得挺滋润。

昨天,公交车上看见他:黑皮夹克一穿,小皮帽子一戴,一副金丝边眼镜鼻梁子上一架,"老年证"伸手那么一晃,车站到,车门开,他那双短腿一迈,公园,就大步流星地进去了。

李大妈和她的儿子们

村里有个李家,李家有一个爱笑的大妈。大妈的笑,又脆又响。

古代宋朝有个佘老太君,有八个儿子。七郎八虎忠孝神勇人

人皆知个个称道。李大妈有七个儿子,江、海、湖、泊、山、峰、丘,让村人伸大拇指。

儿子的名字是读过私塾的爷爷,翘着胡子眯着眼留下的。这哥儿七个,提起那个,也不孬。就是最孬的老疙瘩,也在大妈身边端茶送水三十多年。要说大哥,江,更是没挑!作为老大,绝对称职!对父母孝,对兄弟疼!街坊邻居常拿他作比教育自己的儿女:"看人家老大当的!"

大哥,江,今年70岁。几十年了,母亲家每天必去一趟,也不知是哪一年年形成的习惯。不管是在当干部时,还是退休,大哥的身影总是出现在街上,出现在母亲的家门口。外出回家进的第一个门,就是母亲的家门!抬着花白的头,腆着将军肚,拎着菜兜,游哉游哉地走在街上,两份水果蔬菜,一份给母亲,一份给夫人,习惯而已。习惯而已,算是对街坊"买这么多"的解释。

而今,再看到他,吓了一跳!将军肚没了,脸也茄子似的霜打风干了。

为啥?为啥?街坊们都想上前,可又都欲言又止。

他家出事了。他被自己的弟告了!

八年前的一个晚上。就是这个弟和弟媳妇一前一后进了门。一杯茶水还没喝完,弟媳妇就说:单位内部售房,一套两居,12万。

大哥的儿子,旺子那年22岁。买房早在计划之中。12万,比市场价少了五六万!

"你不买?"大嫂也动了心。

"我儿子还小着呢。你给旺子买吧。"

"那我们就给旺子买了?"

"当然!"弟斩钉截铁。

于是哥们儿七个为了给旺子买房娶媳妇很快凑够了钱。

俩月后的5月2日。云淡风轻草绿花香,儿子旺把媳妇高高兴兴娶在了新房里。

谁知八年后,孙子刚上二年级,短短的八年间,房价,像孙悟空的跟头一个劲地往上蹿！每平方米三千、五千地往上涨！！

弟和弟媳妇两口子来了。一手里拿着房产证,一手拿着一本书,《法律常识》。

要不,给房,要不,给钱。

大哥闭上眼。两滴水珠顶了出来……

彻夜难眠！彻夜难眠！

"哥,我饿……我饿……"他的衣角被弟猫爪儿似的小手扯着,蜡黄的小脸儿满是泪珠儿。

"走,哥带你找好吃的去。"哥俩钻进沟边的杂草丛。不一会儿,哥哥就举着一嘟噜大麻籽出来了。把大麻籽一个个揪下来把青皮剥了,穿在一根铁丝上,再抓两把干树枝,噌！划根"起灯儿"（火柴）点着。很快那串麻籽仁儿就滋滋冒出了香味儿。

八月十二是母亲90岁的生日。生日宴开在饭店。菜极丰盛,但哥们弟兄的喝酒干杯的吆喝声却缺少了什么。

宴席一散,二、三、四、五、六,哥儿七个的六个就聚到他不大的屋子里了,就差老疙瘩。

"这个老宅子,不能给老疙瘩一个人！"

"四百多平方米呢！"

"祖业产,人人有份！"

大哥的"伤"还在流血,北京城扩大,拆迁的风暴就龙卷风似的席卷了过来！他送到部队弟弟、送出过国门的弟弟、送进大学的弟弟……都在厅堂里给他这个大哥讲法说理。

笑了一辈子的李大妈,不笑了,"瘾症"了……

抱着那本发黄的房产证到处"藏"！到处"逃"！就是睡觉也要压在枕头下。

"不给！不给。谁也不给！"一天两天。一个月两个月。一抱就是小半年。

"快把他放下。"看着六岁的老六背着三岁的老疙瘩,当妈的心疼。

"妈,我考上大学了！"是老二,举着大红的纸鸟似的飞进了家门。

"妈,你看我精神不？"是老三,一身军装立在眼前……

"妈妈,这是我的女朋友"……

"举杯！祝妈妈生日快乐！健康长寿！"哈哈的笑声,噼噼啪啪碰杯声好像就在昨天。不,好像就在耳边……

"奶奶,奶奶,您快醒醒!!"是孙女的声音。

昏睡了好几天天的李大妈,终于睁开了眼睛。

老大,老二,老三,还有老四老五老六……她的老屋里挤满了她的孩子:儿子,儿媳一个不少。

满 堂

他一落生儿,奶奶就给了他"满堂"这个名字。他是奶奶头生大孙子,名字的意义他明镜似的。

爸爸是奶奶的独子,爷爷死得早,28岁的奶奶拉扯到爸爸12岁才赶上有地种的好日子。可再好的日子,不卖把子好力气,也不见得能填饱肚子,裹顾好身子。地里的翻、播、收、打,家里的养猪、喂鸡、照顾孩子,都得奶奶一个女人家扛着。

爸爸15岁刚过,奶奶就让爸爸娶了14岁的妈妈。转过年,开春儿麦苗儿一返青儿,他这个大孙子就抱在奶奶怀里了。

"满堂"容下了奶奶多么大的心气儿呀!

心气儿高,就得心劲儿大。心劲儿就好比庄稼地的肥料,心气儿再高的高粱棒子,没有得劲儿的底肥偎着,也长不出好身板儿、打不出半斤粒子来。

心劲儿,是要汗珠子的,也是要付出心血的。

奶奶如愿了。18年间,奶奶有了"五男二女"七个孙子孙女儿,三间老屋里,白天是走着的树林,晚上是倒着树桩。奶奶家是真正的"满堂"了。

跟着"满堂"来的,是笑,是做梦都要欢喜的笑,可还有吃、穿、用、学费……

之后,就是盖房子、娶媳妇、聘闺女儿……这些不汗珠子掉在地上摔八瓣,能成?

72岁的奶奶,瘦成了一把骨头,还在生产队猪场剁猪菜挣工分,爸妈长年累月发烧感冒也不肯歇下,少挣一个工分。白天顶着日头儿队里拼命,早清儿晚晌儿,喂猪养鸡自留地里忙碌,炕上没睡过整宿觉,饭桌上没坐下喝过安稳汤。

他,满堂把媳妇娶进新房,来年添了儿子,他高兴,爸妈高兴,奶奶更是有了"重孙孙"合不上嘴的高兴。

紧接着老二、老三、老四、老五,娶媳妇进新房,添儿子进丫头,十来年的工夫,呼呼啦啦,他满堂家就有了七个小家,38口人的"大"家。

爸爸腰弯了,脑袋上的头发全白了,手也哆嗦得几乎夹不住

烟卷。妈妈的牙有些晃,连根菠菜都咬不动,"O"型的腿上趟商店都费劲。奶奶更老了,92岁的她,除了认识他"满堂"好像什么也记不清了。

老爸老妈守着三间房的老宅子,伺候着92岁的老奶奶。

2007年北京城扩建,说五环以里要化市区。村里人高兴!要变成"城里人"了,要"楼上楼下电灯电话"哪有不高兴的?

开拆。村庄,几百年的历史,跟谁好像也没关系。上百年的老槐树、老枣树,好像关系也不大,皮尺一量,给点儿钞票而已。

院子、房子就有关系了。皮尺要一寸一寸量!从南墙儿根儿到北房沿儿,从柱子高到柁檩宽,可得(dei)不错眼珠子盯着。这可马虎不得,一寸寸地给钱换面积呢!

房子,一处一处倒了。院子里的树,挖土机刨坑掘根的、电锯拦腰斩断的,七零八落歪斜的……

村子,就像一块破抹布,丑陋而肮脏。

一处三间房的老宅,还直挺挺地站着。院子里的核桃树还心气儿很高地挂着一个一个带着点点的青绿色的核桃。大枣树也不服气地摇着滴里当啷的半青半红的枣儿打着招呼……

"老宅子每人一份!"

"儿子有,闺女也有!"

"对!法律面前人人有份!"

"这房子,你们协议签字后,才能置换。"

…………

"多儿多女多福气"都这么说。说这话的人一定没经历过。

"多儿多女多冤家"这句话也不知谁说的。却是真的。

美丽的生活

北京市规划,把五环里的村子划进了市区。村子拆平,重建住宅楼。

原本还没高速路高的村庄,一下高大起来了!

社区还没入住,镇政府就把供人们娱乐的公园建好了。

人们回来了,搬进二十几层的高楼,不用蹬登子欠脚儿就把几里地外的——五环路、首钢的液压厂、郁花园的楼群,看得真真的。

黑夜儿一睡觉,真是舒坦啊,舒坦得都想唱歌!西北风任凭你怎么拍打窗户,你也是休想冻醒我了!看看,我这,过夏天呢。薄被,就一床薄被!

早清儿,一睁眼,不用点灯,大亮的路灯就把屋里照得清清的。穿衣服,上厕所,呦,说错了,是卫生间。闺女儿教的。闺女儿说,不能厕所厕所的了,要文明。要跟上时代。穿衣服,上卫生间都不用开自家的灯,就解决了。

早饭,熬粥就拧开燃气炉,一会儿就得,再也不像过去抱着柴火烧大锅了。

"妈,咱下楼到'护国寺小吃'吃早点吧。"闺女儿说那里包子油条豆浆啥都有。

大门一出,顺着宽得吓人的公路往西一走,大约沿着绿树绿草走上十几分钟,就看见了花枝招展的公园了。

这才四月初,满园的花就开得热热闹闹的了。杏树一片白,桃

树一片粉,迎春花更是一堆一片的金黄!椭圆形的湖边,一圈儿柳树借着微微掀起的风摇着挂满鹅黄嫩芽儿的柳枝儿起舞。

公园里的人真多啊!

一进门的大广场,人们像花一样鲜亮,伸着胳膊扭着腰,正随着时兴的"小苹果"歌曲,可劲儿地摇臂扭腰。

广场东侧是个二层小楼,是镇政府的文体中心。楼前有一片空地。呦,有好几十口子,顶着一脑袋白头发的老年人做着健身操。

再看人群后边,是几棵粗大的银杏树,树下围着一堆人,正在打扑克牌。

"走啊!"有人招呼我,扭脸儿一看,原来是先前儿的对门街坊,她迈着大步正和几个姐们儿围着绿荫小路转圈呢。

生活真好啊!四十多、五十岁还不到的人们,就这么早地过上了这么美丽的生活了!

"听说了吗?那个谁的媳妇跟跳舞的那个谁好上了……"说话的人诡异地一笑。

这话,她一说,你一听,千万不要放在心上。

可没多久,跳舞的那一男,真的搬出了有儿子有孙子的家;那一女,也真就不回有丈夫、有大学毕业女儿的三居室了。一男一女还真的领了结婚证。

可没多久,也就两年吧,两个人又离了。男人负荆请罪,求得老婆原谅,又回到了儿孙面前,当回了父亲和爷爷。而那个女人,回不去了,她的男人,与另一个带着女儿的女人组成了另一个家。

还有一件事,提起来就难受。玩牌的也出了事,出了大事——出了人命!

危言耸听?我开始也不信。可那两个肇事者,都是我认识的街坊,而且两个人都是很不错的街坊,在村里几十年没落过恶名。

张哥大刘哥三岁。张哥在北京五建(北京第五建筑公司)退休。刘哥用拆迁款买了"捷达"拉点儿客人,挣点过日子钱。闲来无事两人总在一起斗斗地主。

那天两人在银杏树下像往常一样"斗地主"。不知为什么就吵了起来。越吵越凶,众人都劝不住,吵着吵着就急了,也不知谁出言不逊,带了脏字,开捷达的刘哥就顺手从裤兜里拔出了防身的刀子,一挥手,就扎进了张哥的胸膛……

张哥进了医院,没出来……

刘哥进了法院,判了刑。

两个人的家,两个白了头发的爸妈都少了儿子,两个刚刚成年的儿女,都少了父亲,两个家都少了顶门立户的男人……

母 子

初冬的一天。6岁的女儿,人还没进门就嚷开了:"妈,您快来!看我捡一只小猫咪!"

我一看,一团杂草似的东西,正在她怀里颤动。要不是有一双微微眨动的眼睛,真看不出,那是一只小猫儿。

"快、快放下!"看着那只粘满乱草、不住打战、气息奄奄的小东西,真怕女儿弄脏衣服染上病菌。

"不!不!"女儿将小猫儿搂得紧紧的。那小猫"噌!"地伸出爪子使劲抓住女儿的衣服,紧紧地贴在女儿胸脯儿上。一双埋在

绒毛里的眼睛,瞪得圆圆的。

"妈妈,留下它吧!它卧在垃圾堆里好可怜,好可怜……"被小猫儿抓得又脏又乱的毛衣,女儿连看都不看。双手还不住地抚摩着小猫儿。看着孩子泪莹莹的眼睛,我心软了。

唉,这么小的东西,可怎么养活呀。我叹着气、乍着手无奈地接过拳头大的小东西。

一转身,有一双亮亮的大眼,正对着我——阿龙!是爱犬阿龙的眼睛!让阿龙喂它!我心头一喜。为自己这个奇妙的想法,感到振奋。

我小心地将小猫儿,一点儿点儿捧过去。慢慢移到阿龙的面前。我知道这样做很冒险,但自私的我,为了推卸责任还是这样做了。

阿龙探过头,伸过鼻子,在小猫儿又脏又乱的毛上,闻了闻。眼里竟闪过一层只有母亲才有的柔光。它吐出红润润的舌头,舔舐着小猫粘满乱草的绒毛,一下、一下……从头到尾。

刚才还哆嗦成筛子似的小猫,皮毛松软,神态安祥,好像找到了母亲,回到了家。阿龙也好像不尽兴,竟将小猫从我手上叼起,放回了窝里,同它的孩子放在了一起。那样子仿佛是找到了失而复得的孩子,眼里竟流露出几分欣喜。

阿龙接受了它,我紧绷着的心,不禁一阵轻松,简直是狂喜!

转眼间,冬天过去,春天到来。小猫咪一改往日的"癞"像儿,变成了一个水光溜滑的小绒球。在阿龙身上腾跃,在狗儿们中间穿梭。同狗兄弟们在母亲怀里一起品味着妈妈甜甜的乳汁,在母亲舌下享受着妈妈亲亲的爱抚,同狗兄弟们在庭院的草丛中嬉戏感受阳光。

庭院小凳上的女儿,依偎在我的怀里,欣赏着这幸福的一家。

宛如欣赏着画家笔下的一幅美丽生动的图画。

咚！咚！院门被急促地拍打着，门板震得猛颤起来。嬉戏中的狗儿猫儿迅即止步。稍一迟愣。旋即扑向母亲。阿龙身子一闪，将孩子们影在身后。挺起身躯，竖起双耳，摆起鞭子似的尾巴，耸起脖颈，张大嘴巴"汪！汪！"一阵狂吼！那气势像虎，那吼声像雷！好一副舍身护子的气概！

谁呀！如此无礼的敲门让我有些不满。

"把狗交出来！"门外理直气壮。

"我们有狗证。"门内我也不甘示弱。

"有，也得拉走。统统打死。省得再惹麻烦。"外面气势更盛。

我回头望了一眼，阿龙的一家。

"快开门！上面有令，谁也抗不了！"

我极不情愿地拉开门闩。一群人闯了进来。

狗儿猫儿们在阿龙身后挤成一团，哆嗦着，水泥砖墙也好像随着它们哆嗦着。

阿龙狂吠。

"叭"的一声脆响，阿龙的狂吠，突然停了。高扬的头，垂了下来。挺立的身躯，随着的"哐"的一声闷响，倒了下去。四条柱子似的腿，使劲……使劲……蹬了两下，好像还要站起来。只可惜，一地的鲜血，一地的鲜血将他的身躯，死死地粘在了地上，动弹不得。连最后的蹬，也变成了抽搐……

那谛听世界的耳孔、嗅闻亲情的鼻孔、舔舐儿女的舌尖，瞬间，就淌出了小溪样的鲜血……

那双充满灵性的、美丽善良的大眼睛——睁得大大的！比此前的任何时候都大！好像是对闯入家里、杀害它的人的充满了仇恨，又像是对它曾经挚爱并衷心守护的主人的质问，又像是向造

物主天问:为什么?!为什么?!

在墙角处团着的狗儿猫儿,哆嗦着大睁着眼睛。

突然,它们猛"嗷——地叫了起来。那声音,不像犬吠,倒像狼嚎!让人听了毛骨悚然!

"快把这几个小崽子,扔到车上去!"

小院静了下来。怀中饮泣的女儿,猛地推开我,奔向角落里的小猫,想一下揽在怀里。谁知,刚才还哆嗦的小猫咪,竟"嗖"地一跃而起,从女儿的手边划过,蹿出了狗窝,蹿出了家门。

"喵……!"一声惨叫,接着就是一声刺耳的刹车声。

跑步前进

儿子一出生,应该说是儿子还未出生,他就开始设计了:不能让儿子像他这样活着了。

他是谁?面朝黄土背朝天的农民,几辈子没离开土地的农民,晴天一身土,雨天一身泥的农民,一到城市就被人称泥腿子、土老帽的乡下人……

还好儿子赶上了九十年代好时候,国家改革开放了,他们两口子可以不再拴在土地上了。他们凭着灵活的脑瓜,开了全村一万多口人的第一家肉食店!

商店很是红火,逢年过节,白天柜台外是人们小树林般举着钱的手,夜里是给订购单位彻夜不息的白炽灯。忙,找三四个人帮忙,还忙得脚丫子朝天,吃饭喝水都得抽个空当儿"攮"一口,"灌"

一杯。

有钱了,首先想到的当然是儿子。儿子一落地,月嫂就进门。土办法怎能"育"咱这有钱人的儿子。咱儿子,不能是养,像养鸡鸭似的野养,而是要育,像育小树苗似的培育塑型,不成才则已,成才就是栋梁之材!

幼儿园,当然不能是村里的,要进当然就要进北京市里的"蓝天幼儿园",北京市最好的,大人物的孩子都在里面。咱人"小",可咱有钱啊。托人找关系,咱儿子很快就在蓝天幼儿园里面了。

儿子真争气呀,四五岁的孩子,不但中国话说的巴巴的,就连外国话也张嘴一串一串的。儿子比他爹强!比他这个爹强得不是一星半点呢!高兴!真是高兴呀!

上学,当然更是要进北京是一流的!"中关村一小"就是它了!只要定好目标,一切就"ok"。受儿子影响,他都张嘴洋文了。

"爸,我想要带书包。"买,当然要买,儿子现在可是宝贝呢。

"爸,我要'√'鞋。"穿,别人家孩子能穿的,咱儿子当然不能落伍。

"儿子,看老爸给买什么了。"儿子上中学了,没等儿子开口,'三星'手机就递到了儿子手里。

"爸,我要出国留学!"愿望是儿子,当然也是他的!他这个爹,唉,甭提了……想当年甭说出国,就是高中也是"农中"(七十年代的高中边读书边劳动)毕业的。

上大学,上国外的大学!

"钱,不成问题!"虽然他口上说得"当当"的,心里还是不由得哆嗦了一下:一年二十多万块啊……

儿子从落生、进幼儿园、小学、中学到高中,这一路下来学费、赞助费、关系费……花了多少,只有他自己知道。

儿子拍拍屁股,乐颠颠地上了飞机,没等飞机落地他就进了银行,他要儿子脚一落到美国的土地上,就感觉到他这个父亲的温暖……

一年,一年,随着时间的延伸,村里人的脑瓜都开始灵活了。买卖店,生意人,抬眼一看,就是。张口一聊,没错。讲价还价、降价微利、保本亏本逼着你步步后退。身体呢,随着年岁的增加,不但体力减退,还今儿腰酸、明儿腿疼,后儿,头昏脑涨血压高了……

儿子,再有一年毕业了。他盼着,儿子他妈更是盼着呢……

"爸,我想读博。您跟我妈商量商量……"儿子话音他听出来了,儿子长大了,花他们的钱不那么理直气壮了。

儿子读博士,当爹妈的哪有不支持的?读,接着读,儿子读到哪儿,咱就供到哪儿!

还好,2007年春天,村里要拆迁,他没等拆迁办做工作,就主动上门报名了。老宅子置换两套房,一个一居,一个两居。剩余面积全换"钱"!一居室,自己和老伴儿住,两居室等着儿子回来娶媳妇。

2009年秋,村子拆平了,老宅子没了,开了14年的买卖铺子,也到此为止了。

老两口该享福了。可最近些日子这只手为啥老哆嗦?先是端个茶杯,水洒,后是拿双筷子,菜掉。开始他没当回事,可后来他的两条腿也不那么听使唤了。真老了?

老婆子胆小"咱上医院看看吧。"

医院一查,就真查出了病,说还得住院,而且还被推进什么"ICU"。一进屋上床,就往两手、两脚、胸脯上连电线,还急赤白脸地往鼻子嘴巴上扣氧气罩。医生护士一忙活,把花白头发的老婆吓坏了,眼泪流了满脸……

"我没事。"第二天一早,老婆子端着热乎乎的小米粥坐在床边。他笑着安慰着仍含着泪花的老婆子。

"不要告诉儿子……让他安心读书。"他眼睛也湿了……

儿子,五年没回家了。

喜事临门

张二要结婚了,是一件大喜事!对他,对全村人来说都是。

张二命苦,三岁时妈妈害了一场病,先是眼睛瞎了,没等他读完小学又撇下他走了。是爸拉扯着他和一姐仨妹苦巴巴度日。

姐姐出嫁了,妹妹也先后结了婚,当然张二也娶了媳妇。媳妇虽说不上漂亮,但也是看着顺眼,个子高条,面皮儿白净,进门头一年就添了个小子。按说好日子来了,可不曾想,儿子还没上学,好好的媳妇不知怎的突然就说不出话走不好路了……

去了好多家医院也没救了媳妇,熬了四五年,家里的掏的饥荒,压得张二睡不着觉,可媳妇还是抛下他父子走了……

人生三大苦:少年丧母,中年丧妻,老年丧子。

他张二,赶上了俩!

张家大院剩下40岁的张二、63岁的张二爸、12岁的,张二他儿。老少三辈,大小仨光棍儿。

张二像他爸,不爱说话,干活肯下力气。承包来的三亩菜地,被他父子侍弄得花园似的。顶着星星出门带着月亮回家,种菜、收菜、卖菜,就是他们的生活。儿子还算争气读高中、上大学,眼看就

要毕业了。

2007年春天,村里喇叭里说,北京城要扩大,五环里不让种庄稼了要变市区,村庄要铲平房建高楼,他们变市民,住小区。

村庄沸腾了!有叫好的,有叹气的,也有骂娘的。

张二是个老实人,随大溜儿。国家的事咱们弄不懂,随着呗。

拆迁办贴出公告:他们的老宅子不能全换楼房,是按面积的75%置换。

村里人又炸开了锅。

张二,也是叹了口气。拿着房产证让拆迁办的工作人员一算,能换三套房,他和父亲一套,儿子娶媳妇一套,还能出租一套。

2009年秋天,张二给大学毕业上了班的儿子,娶了媳妇。

2011年的"五一"节,他张二再次当上了新郎。全村的老少爷们婶子大娘都来出份子喝喜酒。

新娘虽然不是北京人,看着还算精神,说话好听,干活利索。更幸运的是56岁的张二不但娶了49岁好媳妇,还得了一个21岁的大闺女儿!

闺女儿好看嘴儿甜,一会儿喊爷爷,一会儿喊爸爸。见着张二的儿子,也亲亲热热地称呼着:哥哥。

娘儿俩一进门,他们张家父子的日子就变了。吃得丰富了,过得热闹了。

2013年大年初一的饺子刚吃完,张二的老爸就红着脸跟儿子提出要找老伴。张二开始有些不乐意,后来一想,又觉得他这个儿子做得不咋样!老妈走了多少年,好几十年爸都是一心一计地为他这个儿子,都是一个人孤零零守着一张床……

张二一松口,张二他爸紧跟着说,过了正月就办事。

北京有一论儿:正不娶,腊不订。就是正月不娶媳妇,腊月不订婚。

张二一听,懵了……

再一听,傻了……

他 79 岁的爸,要娶的是,他媳妇带来的才 24 岁的大闺女!

张二开始以为听错了,一问再问。开始他爸,还不好意思,低着头,喏着嘴,后来就梗着脖子,撑圆了嘴扯着嗓子吼了。

这是怎么档子事呀!街坊怎么说呀!我的脸怎么放?怎么出门呀!一家人怎么个称呼呀!要是再弄出个孩子来……

"张二,听说你爸要娶媳妇啦!"怕什么来什么街坊刘三儿、王五已经开始起哄了。

"张二,一打有了新房你家喜事连连啊……"

可正月还没出,正月十五刚过,正月十九,张二和他爸就愁云密布了。

元宵节的晚上,张二的媳妇提出和闺女回娘家看看,张二提出相随,被媳妇拦下:家里不能丢下爸。

说是回娘家看看,七八天就回,可今天第九天了,甭说人,就是电话都打不通。

张二家里待不住,出去转弯儿,顺脚儿就走到了那套出租的单元门。到了那套两居室的门口,觉得有些不对劲。抬头看看,门牌号,对呀。可这门,怎么换了?

张二轻轻敲敲门。

"找谁?"一张陌生的脸。

"您是?"怎么不是原来的房客了。张二心里咯噔一下。

"这是我的房子。"本来该理直气壮的张二不知为啥心有点虚。

"你的?!"屋里的人话里有些嘲弄的味道。

"看,这是房产证明!"

张二有些傻:这房说好了是给闺女儿结婚用的呀……

正月二十,到了。正月二十五,也过去了。

二月二,龙抬头了,张二的媳妇和闺女也没露面。

他长得真好

他长得真好。他一落生,人们就这样说:真像他父亲。

随着年龄的增长,他的模样越发的像他父亲了,身材虽不高大却也魁梧,尤其是那张笑佛似的脸,眼睛不大,眉毛不重,白净宽阔的一张脸,不笑也显得喜兴。那唇红齿白的一张嘴一发出声响,更是让人从心底里喜欢,那声音浑厚深沉中还透着不可抗拒的忠诚。这一点像极了他父亲!

他父亲是个军人,45前有一支部队野营来到我们村庄。一个个着着军装的年轻战士让安安静静的村庄,一下子沸腾了起来。他们在部队行有尺,进有寸,操练起来更是虎虎生威。他们在农家扫地、担水、劈柴,勤快得更是惹人欢喜。而那指挥着这支队伍的军官更是让人们心升欢喜的同时溢出仰慕。

"嫁个他!"几乎成为村里姑娘们不言而喻的心声。

可,又有几个敢表露出来呀!不要说吐出口,就是用眼角儿一趸摸到那个人影儿,脸红心跳得就受不了……

终究有胆大的。一年后,有一军官复返回村,村里聪明而漂亮的——英子成了新娘。再一年就有了儿子——他。

他是一个军人的儿子,医生英子是他母。他让人们很羡慕。

他读高中顺理成章,上大学也不算什么新鲜,可这一切在20世纪80年代初期的京郊乡村,可是一般人不可能实现的。

五间起脊瓦房盖好了,漂亮媳妇进门了。工作当然也错不了。谁让他爹是个级别不低的军官呢。

父亲离休了,母亲也早就赋闲在家了,他的女儿也读到初中二年级了。

他呢?村里人都说好久没看见了。

2007年北京市为了迎接2008年的奥运会(第29届夏季奥林匹克运动会)开始对周边农村拆迁改造。

拆迁指挥部入村,办公人员进院。测量、计算、置换、签字、搬家、交钥匙。一年的工夫,站立了几辈子的村庄,树倒屋塌成了一片瓦砾。

2012年金秋,分别了两年之久的乡邻,终于在落成的高楼林立的小区见面了!从此过上了楼上楼下的新生活。

他,人们看见了他。不是在小区,而是在电视屏幕上。

一袭军装的他,越发精神了!上海、南京、深圳、广州、西安……他魁梧英俊的身影不断出现,一张笑佛的脸,忠厚里还浮出了些慈祥……

人们的笑容还没来得及收起来,好像想起来什么……

人们一个激灵。原来这是在电视台的一档法制节目里。

我的地盘，我做主

"妈，给一百！"我妈根本不问用途，掏兜就给，有时候乘机我还能多抢一张两张的。"臭小子！"妈妈只是笑着骂一句而已。

"爸，我要摩托车。"跟老爸说话不能像老妈那样，要乖一些。

老爸疼我，不挂在嘴边。摩托车，没说买，也没说不买，可我知道，准会骑上！

"怎么样，哥们！"一个月不到我就骑着摩托车在伙伴们面前闪亮登场了。

我是谁？"王二万"！是爸妈花两万块"抢"来的儿子！（计划生育罚款）我一出生，就好比皇帝降世，爸爸妈妈爷爷奶奶以及两个姐姐就为我欢呼。家里的好事，只要与我有关，全都自动向我靠拢，饼干、巧克力、水果等，我说给谁吃，就给谁吃！姐姐，不给，她只能一边抹眼泪去。奶奶，我说给也行，不给，奶奶也是笑着一句"小孙子，真独怀呀。"

这都是以前的我，目光短浅，没啥前途。23岁那年我的眼界大开，结交了好多哥们！山西、河南、吉林、广东都有兄弟！爸妈手里的那点钱，都不稀得看了。挣钱，自己挣大钱！上广东、去澳门，抬脚就走，一走就十天半月的。几百块的鞋咱穿着，上万块钱的表咱戴着，谁不说咱哥们——牛犇呀！

十年河西，十年河西也，我他妈的这才几年呀，28岁的我，媳妇还没娶进家，手里的钱就"哗啦"一下，全没了，成了穷光蛋……

2007年北京市政府，要拆村扩市。村里开始动员拆迁。我家几间老房子成了宝贝！三套两居室落入我的名下。

"早晚是他的，直接写他的名，省得将来过户麻烦。"这是爸妈私下的谈话。

至于，两个姐姐，爸妈说不给，她俩也没脾气，谁让他不是传宗接代的儿子呢。自认倒霉吧。

这下，我又成了富翁！原来消失的山南海北的朋友们又出现了。喝酒、嗨歌、耍小牌的好日子，又回来了。

2012年9月，新楼区建成，街坊们都高高兴兴地拿着回迁安置合同，领了新房钥匙入住了。

"合同怎么会少一份?!"爸爸火冒三丈地跟老妈大吼。老妈急得红着脸揪着头发，那样子几乎要撞墙！

"合同，我拿走了。卖了。"我迎着老爸的目光。爸没扬手，也没抬腿，却叹着气低下了头。

第二年，我名下的房，又卖了，这回卖的多，二百多万块。而后就和哥们去了澳门。

现如今，我又成了"穷光蛋"。其实也不是，因为我的名下还有有一套房呢。

至于什么时候拿过来，那就看我的心思了——我的地盘，我当然要做主！

我和那个她

我死了。真的死了。真没想到！更没料到、更没想到的是：竟和她死在了一个时辰、一个地点，被同一辆该死的大货车撞翻在同一条公路、同一个路口！

宽宽的公路，大大的路口，呼呼的北风、冰凉凉的大地，就我们俩。一个东一个西。

我，看着我自己，像一条被丢弃的破麻袋，任狂风撕扯，挺拔的西服溅满血，我自己的血。套在脖子上的领带，此时就像索命的绫子，勒断了自己的性命。

我看着，我自己，一张白脸，先是血，后是泪……

我看着，距自己五六十米死掉的她：浅粉的绒线帽、淡绿的羽绒服、蓝裤子没一粒血点。再细看她的脸——嘿！红色的脸上竟挂着笑容！淡淡的笑容，就像一朵睡着了的花朵——一朵浮在水塘里的睡莲。

我死了，我不甘心啊！我是谁？我的抱负、我的理想，大着呢！高远着呢！

从土里的刨食的泥腿子到小队队长，从小队长到大队长，从大队长到副镇长，从手下十几个人到现在一挥手一投足，十几万人都俯首听命的镇长，我的幸福、我的好日子正打着滚往上翻呢！人生，人生如梦，什么是？这就是！想啥有啥，要啥啥有！

就是这"独生子女"的时代，有许多人只有一个儿子或一个女儿。我，祖上阴德，不仅没绝后，还挨肩儿一来，就是两个儿子！

七八年前,我手指儿一动,就给俩儿子置下房子娶了妻。而今,重要的是儿子们立业！立业靠谁？就得靠他们——我这个老子！这个正春风得意的老子！弄个厂子开个店,那也太小家子气了。

开发！房地产开发。那可是个前途无量的大买卖！！

地,十几个村子几千亩地,那不是咱说要哪就要哪,一句话的事！牛！要是不牛,这三十多年的官,不就白当了吗？费尽心机织下官网,不就白织了吗？精心饲养的一条条大鱼不就白喂肥了吗？！

村里的房子铲平了。楼,一栋一栋长起来了,很快就成了林子。钱,滚滚而来,就像滔滔的江水！

修条公路,建个公园,资助个学校,三五十万而已。可名声可就大了去了！这叫啥？这叫花小钱儿立大"碑"！

"金卡""抽头儿"、给"股儿"、送别墅带"宝马",儿子,咱不能小气儿。这叫啥？这叫"利益共享","风险共担"。其实利益,咱还是大头！儿子们,学着吧。这,是你爸内经,传内不传外的。

唉！我怎会死了呢？我的独门内经,刚传给儿子们一个零头啊！我的那些远大的抱负、高远的理想啊……

我死了。她也死了。她是谁？一个食堂做饭的。下了岗,又哭着求我给碗饭吃的女人。要不是看着是一个村里出来的,管她？论色,她没有。论钱,也没有,论来事儿,她就更差远了……

我是谁？她是谁？她,怎能和我死在一个时间、一个地点？！

可,老天就是这样不公平！

她死了。我也死了。交警来了。几个电话一打,也就三五分钟,公路上就飞来了镇里的"奔驰"。

一个男人,过了大约半个小时,才骑着一辆破自行车呼哧呼哧出现。车轮还转着,他就一甩,把车扔了出去!直着眼就扑了过来!"哇"的一声叫,双手就抱起了那个直挺挺的身子,大嚎!那形象,真给我们男人丢脸!简直像个娘们!

我,被送到火葬场。她也是。

追悼会,告别式,当然少不了!我是谁?国家干部,人民代表!兢兢业业当了三十多年的"公仆"。我的领导,我的上级领导,不会让他的干将,他的得力助手,悄悄地离开这个世界的。否则,与他与我都是脸上无光的……至于手下人,平日推杯换盏称兄道弟的哥们,更不会让我孤独地走的。否则,他们会良心不安的……

告别大厅堂,正前方,我的巨幅照片,格外耀眼。精神!体面!只可惜,没了颜色,成了黑白的……

"因公殉职"

我安详地躺在鲜花丛中,花圈、悼词、哀乐,还有着黑衣别白花儿的人群,簇拥着我……

哀乐低缓,脚步匆匆。大大的厅堂静静的,静静的……此时,要是掉根针,所有人都能听见。

肃穆。隆重。完美的谢幕。似乎该有的都有了……

可我却总觉得还缺少什么……

"我的娟啊……"

"我的姑……"

"我的婶婶……"

"我的好姐妹呀……"…………

哭声像滚雷扑来!

我赶过一看:是她的灵堂,暴雨成河……

舞动的红裙子

鸡还没叫头遍，也就是说，才夜里三点，张平就出门了。

村子黑着，街道黑着，家家户户的窗户纸黑着。可张平蹬着的三轮车却像有一盏明亮的灯照着似的在坑洼不平的街道上闪转腾挪着。三轮车的车轮在快速运动的同时也发出均匀地和鸣。

昨天傍黑儿，张平在菜地里收了足有三百斤的芹菜"五毛一斤，送到新发地菜市场，八毛，一斤挣三毛，起一个早儿，卖一身力气就能赚百十来块……"张平昨夜兴奋得睡不着觉。

张平生在北京城边儿，骑车用不了半个小时就能看见天安门。可他长到二十三岁都没去过，要不是去年新过门的媳妇儿（发音"分儿"）非要去天安门照相，他还不定什么时候去呢。开始是穷，买不起自行车，坐不起公共汽车，后来改革开放日子好了，又忙着抓"钱"了。

张平家哥儿四个，上有俩哥下有一弟。大哥高大，二哥聪明，小弟乖巧，他是中间老三，模样比不上大哥，脑瓜比不上老二，在爹妈眼里更是不得烟儿，正是所谓的"娇头生儿，惯老生儿，中间的小业障（不受待见不吃香）"。这都不算什么，自己长得不好，脸皮子黑，还天生的胆儿小，也不知啥时说话还磕磕绊绊的了……

大哥结婚了，娶了本村的姑娘，还是个拿工资上班的。二哥恋爱了，是街坊、同学、还是发小。小弟还念书呢，就听说搞对象了。而他张平都二十大几了，还单着呢。老妈托河北娘家大姨给他找了个老家的。老家的就老家的吧，一见面，嘿，就相上了！姑娘个儿不高,眼睛不大,可就冲那白白净净的一张脸,他就同意了。

"看上了,就娶。"老妈说的也是他心里想的。见两次面、回两次礼,买上两三套衣服,媳妇儿就进门上炕了。四间房,一个院,一个媳妇,他称心了。

"两千块钱账……"新媳妇拿着老妈给的欠条苦着脸。

"嗨,这算什么!看,咱有使不完的劲儿!"张平挺着腰板举着两只胳膊。媳妇儿一看"噗嗤"笑了。

20世纪80年代,守在京门脸儿的村子就开始以种菜为主了。初期还是集体种、集体收、集体送到西域区天桥菜站。中末期菜地就开始承包给个人了。

张平娶媳妇正赶上。包菜地,建大棚,筑暖室,全村人一片火热。自己种、自己收、自己卖。天桥菜站可以送,自由小卖也随便。干着干着村里种菜的几个人发现了门道:倒菜比自己种菜卖菜,钱来得快,而且轻巧!种菜所带来的撒籽、出苗儿、施肥、上病所操的心,全省了。倒菜,成了另一种行当。

钱,张平一个人挣了。活儿,自然也张平一个人担了。一年下来,张平盖房娶媳妇儿的两千块的账还齐了,张平媳妇儿的白脸蛋子也越发粉嫩了。临过年张平家还添了一个漂亮的女儿。

成家的第六个年头,也就是到了九十年代,张平就不再蹬三轮了,"鸟枪换炮"开上了崭新的"北京130"(货车),不再倒菜而是干起了货运。那时许多福建人驻扎在村子租地建房倒卖竹竿木材。张平们成了他们货运的主要力量。

男人,有钱首先想到的是女人。

张平也不例外。出门挣钱,进门交钱。从娶了媳妇,就开始。媳妇儿吃在嘴里,穿在身上,男人美在心里。

"嫁汉嫁汉穿衣吃饭"他,张平做到了!

结婚二十四年,媳妇甭说打、骂,就是脏活累活,张平都没让她干过。四十五六的人,脸上没褶不说,仍是粉嫩粉嫩的。

女儿大学毕业,有了工作搞了对象,张平一想往后的日子就从心里往外美,歌儿不会唱,小口哨儿时不时就来一曲儿。

张平的日子,好了,村里的变化,也自然不小,公园广场建的比北京城的一点不差。跳舞的、唱歌的、舞剑的、遛鸟的,比城里人一点不逊色。

张平不会唱歌,也不去舞剑,可公园两口子都喜欢。一进公园媳妇就换上她的红裙子跳舞去了。他遛弯儿,遛得舒坦,媳妇跳舞,跳的精神。两口子各得其所。

2008年村子拆迁,张平一套四间房的院子,置换了三套楼房。

可张平名下,却只有一套,其余一套给了成家的女儿,另一套,张平媳妇却和她的舞伴,入住了。

瞎　抓

瞎抓,是个人名,说人名,可不能叫,一叫,准挨骂。

它是个外号,一个女人的外号,这个女人可不是善茬儿的,你别看她个儿小,嗓门可大着呢!骂人,骂上半个钟头不带重样的。就是打起来,就算比她高一脑袋,也不见得占得上便宜。

可昨儿晚末晌儿,这个女人在哭,哭得上气不接下气。

她嫁到这村43年了,哭,说,没哭过,是瞎话,可这么"嚎丧"可是绝没有的!

她18岁那年,老爹带着她从湖北老家的山沟里出来投亲。说投亲好听,其实就是逃荒,家里没吃的没穿的,就是出来找活路。

亲戚在北京,北京大了去,哪儿找去？离家一个多月,转悠了好些个地儿,挨饿、受冻的也没个着落。

打听道时,遇到一帮子婶子大妈,老爹心眼儿一动就把她留下了"给丫头找个主吧"。于是她就被推到一个刘姓大妈的跟前儿了。

刘记是个"四男三女"的大家庭。她一听脑袋瓜子就发炸。老爹说,给口饭吃就行。没等她"嫁"老爹就急着回老家了。说是嫁,不如说是塞。

刘姓大妈牵着她的手,一进院子,就看见好几个光头的、抹鼻子的、扎着小辫儿的丫头小子。以及他们钻出鞋的脚趾头,还有裤子褂子上的一块块补丁,灰的、黑的、蓝的、方的、长的……一块块的就像缝在她心里。

她,一个大姑娘,没有聘礼,没有嫁妆,一进门,就成了刘家大媳妇。一见面,就成了别人的老婆。

她嫁的男人,除了穷,她还是满意的。个子高、肩膀宽,一看就有一耙子好力气。

进了家门,她没少受气挨打。说话有人找碴,干活有人挑毛病。说"您"不说"你"这是北京人的规矩,您得容人改呀！一说就瞪眼,一说就发火。做饭,一大家子十多口人,饭多了说浪费,饭少了,你就甭吃了。不吃就不吃谁让自己做少了呢。其实不是少了,是哪位兄弟胃口大开,多吃了！自己饿着不说,还挨白眼儿瞪。

受了委屈,不能说,不能怨。一出口,轻者是婆婆小姑子数叨,重者,就得挨揍！公公、小叔子、自己的男人,急了都能打你,像是打无人的野狗……

那年冬天的一个晚上,就是因为不服,犟了几句嘴,一家子追着打"反了天了!"打得她爬梯子上房,一个趔趄就把自己摔在隔壁家的地上了⋯⋯

胳膊都摔折了,她都没敢吭一声儿⋯⋯

这还没完,还追着喊着找呢。要不是街坊大婶把他藏进柴火堆里,还不知遭啥样打呢⋯⋯

好不容易熬到分家另过,她算是有了盼头。

男人个高力大,队里挣头份工分。她个儿小,腿儿短、胳膊细,两只小手儿放人家一只大手掌上,宽不了多少。但她有咬劲,手快、脚快,割麦子、掰棒子、分块、数垄,干起来不发怵。

她干活狠,手啊脚啊甭指着闲着,肩不离筐,线不离手。收工打筐草,歇闲儿纳鞋底儿。就是冬天儿,拾点儿树枝儿搂筐树叶儿不也能烧火做饭吗?再不济捡几块砖头,垒个茅房砌个猪圈不也是用得着吗?

别人背后叫她"瞎抓"她知道。知道也装不知道。

"瞎抓"不是夸她,是嘲讽她,看不起她⋯⋯

娘家在外地,穷。分家另过,房子是借钱盖的,孩子是将就养的。满屋的家什,除了炕,就是一张缺了腿儿的小饭桌儿。

婆家兄弟小姑子看不起她,街坊邻居也眼犄角儿看她⋯⋯

她不服,非得和男人干上一场,争口气!

改革开放,她和男人租下门脸儿,支上肉杠,登上三轮车,大红门肉联厂拉回半片猪肉就开起了猪肉铺。顶着星星算什么,切着手流了血裹上布条儿,照样干。三九天儿,手指头冻得红萝卜似的,三伏天儿前胸后背汗沤得蛤蟆皮似的。

1998年,街坊开的浴池红火,她和男人也改建老宅也开了一家。

别人家开旅馆挣了钱,她和男人,也盖上东西厢房有了客房。别人家有了儿子,她怎能光有丫头。42岁那年,她如愿以偿。生意有了,儿子也有了,真是财源茂盛,人丁两旺。

2008年,外孙子上中学,儿子上大学。

2009年,北京市把五环以里的村子划归市区了。拆掉平房住楼房,她家一个院子换回了三套单元门,最后还剩下20多万元。

2012年秋,一个风清气爽的日子,她牵着和她度过41个春秋的男人,走进新小区,迈进新楼房。新家具、新沙发、新窗帘、新床、新被子,如同一对新人入洞房一般……

"瞎抓"的男人,是突然死的。

"十一"儿子放假,带着全家去爬山,一家人登高望远看花赏景,是她多少年盼望的呀!

赏景的人真多呀,人人都兴高采烈。他们也是。

可爬着爬着,老头子一个趔趄摔倒了,儿子赶忙扶,还没扶起来,就没了气……

小 红

小红刚到北京,就不想回家了。

她男人几次来电话她都不想接,后来干脆就让女主人直接回了,让他不要再打电话,影响小红干活。

小红,娘家姐儿八个,她是老六,底下还有俩小妹,妈死得早,爹又老有病,她刚16,爹就给她找了人家。和大她9岁的男人见了一面,第二次,爹就收了彩礼把她嫁了。

男人是山里的,三间老屋,一个老娘。家里虽然穷,但男人对她好,地里翻种收割的重活,不让她沾手。婆婆也孩子似的疼她,缝衣做饭的活也耐着性子教她。

隔年,她生了个小子,男人高兴,婆婆喜兴。又隔一年,她又给家里添了个丫头。一儿一女,把男人乐坏了,婆婆更是抱着孙女儿领着孙子到处串门子显摆(招摇)。

过门三年,她就让原本冷清的院子生机勃勃了。男人越发疼她,婆婆也是。日子不富裕,手里也有钱花。再说,山里住着花销也就是隔村赶个集。

过年时,回娘家。四姐、五姐穿得都很漂亮,颜色、款式都是她没见过的。姐姐脱下来让她试。嘿,一照镜子,比姐姐穿着还精神,就好像给她定做的似的。

"给你啦!"四姐真大方啊!这一件衣服少说也得一二百呀!这对于靠天吃饭庄户人家,可不是个小数,得二三百斤麦子呀。

"姐,你自己穿吧……"她有些不舍地解衣扣。起心里不愿脱下来。

"甭脱!就给你啦!姐有钱,回去再买。"四姐说得底气十足。

后来得知,四姐和五姐不在村里种地了,去年上北京城打工去了。一年一个人能挣四五千(块)。

四五千?她有点吓蒙了。去年,十几亩的庄稼,男人直嚷收成好,也不过三千多块呀!这还没刨去买化肥、种子的钱。她和男人、婆婆起早恋晚儿,闹个归齐(最终结果),还不顶抵姐一个人挣的呢。

回家,她和男人商量,也和姐姐出去打工。

男人其实舍不得她出去,出去打工,不是闹着玩儿。得真受

累!受累,也不一定像种庄稼就有收获,那得看老板!赶上好老板,有良心,过年回家就能拿着钱。要是像他那年,都腊月二十八了,他还守着工地大门冻得跟孙子似的,也没把答应给钱的工头等来。到了还是打工的兄弟们凑钱,买了张车票,要不然都回不了家!

回家种地,踏实!没人欺负咱!大地,撒下种,就能收庄稼!

可看着大姨子们鲜亮的衣服,高兴的劲儿,总觉得亏欠女人。种地打粮食,除了吃,孩子们的学费,也剩不下多少。

"唉,去吧,俩孩子你放心。在外边照顾好自己。"

大年初六,小红就跟两个姐姐出门坐上了长途车,三个钟头不到就来到了北京城里的天桥!原来北京城这么近呀!她以为很远呢。

其实她们家离天安门还不到300里地呢。

小红和姐姐们来到介绍工作的大厅。看着那么多找工作的人,心怦怦的。

原来姐姐的工作,不是到厂子,也不是到工地,而是到人家伺候人,洗衣服做饭!

小红的兴奋劲儿一下子没了,眼泪围着眼圈转……

"伺候人怎了?你在家不做饭不洗衣服?"五姐说。

"凭力气挣钱,怎么啦?你在家种地不出力?"四姐一脸怒气。

"我……是怕……"小红低着头。

"怕?怕什么?不偷,不抢,干干净净干活,什么都不怕!"四姐一脸的正气。

四姐被一个女人带走了,说是伺候一个瘫在床上的老太太。

五姐也找到了人家儿,说是给老两口做饭洗衣服。

小红当然也找到了工作,说是接送一个四岁的孩子上幼

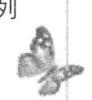

儿园。

五姐拉着小红的手,嘱咐了几句。出了大厅就分手了。

小红鼻子酸酸的……

小红来到主家,男女主人都还热情,只是那个四岁的小男孩儿有些调皮。一个月下来,女主人把4张一百的票子递到了她手里。

一个月400(元),一年下来,就是4800(元),真的不少啊!(这在20世纪的90年代初期,当然不少。)

过年回家,男人和婆婆望着这么多钱,先是又惊又喜,而后就不言语了。小红呢,却是满脸喜气,做饭刷碗哼着曲儿,出门上街串亲戚更是新衣上身一派喜兴。

又待了一年,那家小孩子上学了,小红又换了一家儿,这次是伺候一个60多岁的老人。要按村里人看也就50多岁。能走、能站,说话还挺风趣儿。

老人是个退休的干部,有两个闺女儿,三个儿子。老伴儿去年死了。闺女儿子上班,怕老人寂寞,就是找个人陪着。家里活儿少,主要是陪老爷子遛弯聊天儿。

老爷子说话风趣,有时逗得小红"咯咯"笑个没完。小红呢,村里的奇闻怪事,也让老爷子笑得眉眼跳动。

小红的工资涨了,每月到了600(元)。"十一""五一"老爷子还给奖金。一年下来,就小7000(元)啦。

小红过年回家,没有全给男人,自己留了2000(元)。至于为什么,她自己也不清楚。

第二年,也是,给了男人6000元,自己留了3000(元)。

第四年,过年小红给男人留下1万块,临出门走时,让他把房子翻修,钱不够,她再往回寄。

第五年，小红没回来。寄回了两万块钱。

第六年的秋天，小红回来了。一辆大卧车开到家门口，扶下一个老爷子，说是探亲来了。

小琴的爱情

"小琴被抓走了！"我一听，就懵了。

她，中等个儿，苹果脸，皮肤微黄眼睛不大，极大众的一个身影。可她爱笑，微微的，见着人还未开口就连上笑了。一笑你就记住她了。一对酒窝儿，一对笑眼儿，一脸羞涩。

小琴是我的隔壁的邻居，自小的伙伴，上学的同学。

小琴家五口人，她上有一哥下有一妹。在家是个听话的乖乖女，在校更是个"不用扬鞭自奋蹄"的好学生。我们一起上学，小学高中近十年，非但没看到她与别人争吵，却时常在校广播里听到她写的小诗。并因此被同学们称为诗人呢。

结婚后，我见过小琴几次。八年前那次，印象特深，满脸的灿烂。她告诉我，她结婚了并且有一个女儿。聊起她的丈夫滔滔不绝一脸的幸福。

1985年小琴哥要结婚，家里请来木匠，一对山东父子。父亲50岁，儿子20出头，老的健谈，少的帅气。爷俩到处做活，见识颇广，晚饭后，常和家人一起聊天，一聊就是大半宿(xiu三音)。那时小琴19岁，在村办企业上班。

一套家具，床、桌、椅、凳、大衣柜、梳妆台，快手快脚也得小一个月。家具打完了,木匠出门,小琴的心,也随着小木匠走了。

隔年,小琴不顾家人的阻拦,嫁给了小木匠。再隔年有了女儿,再隔年,返回了北京。

2002年国家人口政策有变,丈夫的户口从山东迁到北京,成了北京户口的外地人。丈夫很聪明,她总是这么认为。既然都能在改革开放的八十年代初期,凭手艺到各处挣钱,而今在北京这块宝地也能再创辉煌。果然,三年后,丈夫就有了自己的家具厂。相夫教子日子让她很知足。

好日子没过几年,我再次见到她时,却满脸愁云,她说,她离婚了。丈夫有了新欢。邻居几次提醒她都不信,要不是她亲眼看见那熟悉的身影挽着别人的手臂说说笑笑,她还傻着呢。

又过了两年的春节。我又见到了她,一对笑眼儿、一双酒窝、一双羞红的脸颊,她说,她遇到知音了。

离婚后,她带着女儿街头卖菜。菜摊边有一个摆摊卖书的。东北人,三十多岁。人仗义,书也卖得高雅。卖书的摊儿市场有几个,卖的几乎全是算命的、武侠的,而他面前满是散文、诗歌、小说。她和他的摊位相邻,免不了聊聊天帮帮忙。一来二去就熟了,渐渐地聊起了诗歌散文,渐渐地关系似乎也近了。女儿放学一露面,还没等她站起身,女儿就被他抱起而且小手儿里还举着冰棍儿。

男人说,他在北京十几年了,写过小说写过诗歌还编过剧本,而且在许多报纸杂志发表过。她听得好兴奋好羡慕!不久他们就住到了一起,结婚仪式也没要,亲戚朋友也没请。她爱他,她为今生能与他相遇,倍感知足,倍感幸福……

没过多久,书摊、菜摊,她就一并担起了。两个人的做饭洗衣她也一并承担了。他呢,就安安心心在她的那间房里当起了作家,写散文、写小说、写剧本。

一年过去了。两年过去了。他们为了一个梦想,她就这么干着,他就这么写着。她的一双手,在十冬腊月里先是红后是肿,最后是冻裂出血……而她照样戴上手套洗衣、做饭、带孩子,唱着歌。

那次见到她,虽然身子单薄些,脸蛋小了点儿,但那小号的苹果脸,凹下的眼睛呈现出的还是甜甜的微笑。

"小琴杀人了!""小琴杀人了!""她把的丈夫杀死了!"怎么可能?怎么可能?她怎么可能把自己的"所爱"毁了呢?

后来得知,那个男人,至今也不知在东北啥地方的男人,三年前终于写出了一部电视剧本而且获利颇丰!先是在北京市区买了套房,说是为写剧本,而后就是五个月半年的没了人影。

这次出事,是那个男人的一个举动刺激了她,许久不回家的男人,开着一辆她没见过的轿车,带着一个没见过的女人,出现在她的面前。男人傲慢,全然没有了当初的谦卑。女人妖艳,细眉蓝眼红唇,一副藐视一切的女皇姿态。

"把椅子擦擦""把水杯洗洗""把我的东西收拾收拾"男人的口气含着冰碴。她有些茫然地转进里屋,在衣柜顶上抱下一个大纸箱,灰头土脸的她吃力地走出屋子。眼前的一幕让她疯了!

书稿冲出了纸箱,她冲进了厨房,一把亮闪闪的菜刀挥向了那叠在一起身影……

"一刀!一刀!一刀……"

小哨儿

七年前,村里正乱。

乱是从人心开始的,而后又是从嘴里咕咕嘟嘟溢出的,一人一张嘴,争抢着地表达着自己的先知先觉。

"嗨,我跟你说吧……"

"最新消息……"

"昨天,我听说……"

其中有一个拉着小白狗的人表现尤为突出,为此不知什么人送了他"小哨儿"一名,至于他的真名实姓却无人知晓。

一人一狗,人是六十岁上下,狗是"京巴"小白狗。

人个头儿中等偏下,平头,扁脸,眼细,嘴大,唇薄。黄白镜子脸有两颗黑色的痦子,一颗左眼下,一颗嘴角儿右。

这人,不是村里人,好像是近几年才出现的。我认识人多,咱家在村里老户几辈子不说,咱在村里开商店也十五六年了。

村西前几年还是大片麦地,现如今成了安置城里人的经济适用房了。那人十有八九就是那里的。

小哨儿是个人物,说是一个人物,但对于两万来口人来说,也是有他不多,无他不少的。说他是一景儿,更贴切些。

"嗨,我告诉你吧……"一早儿六七点钟,上班的人刚起床,人家小哨儿就开始牵着小狗儿出现在街上了。

晌午头上,太阳把地晒秃了皮儿,大热的天儿,谁不在家眯瞪会儿,就是不困也得在家歇着不是。也就两点来钟吧,拉着白狗的小哨儿又溜达冒头儿了。

"你知道不……"神神秘秘地靠近你低哑着声音。

晚饭后的晚末响,出来乘凉的、遛弯儿的、聊天儿唠嗑儿的人最多,也是小哨儿一天中最为兴奋最为活跃的时刻。一会儿还站在摇着扇子乘凉的这拨说"谁谁家拆了,给了好几套,还给闺女一套呢",没过三五分钟又蹲在唠嗑儿这拨"谁家可不少,得了几十万呢",再过一会儿,转身,又会瞅见他在公园加入到遛弯儿的行列说得嘴角冒白沫呢。

村里乱了。

青砖老房、红砖新房,有没拆站着的孤零着的,有拆到半截儿歪斜着难受的,有大铲车拍扁伤痛绝望着的,还有只剩碎砖烂瓦死亡着的……

几百年的树,几十年的树,大枣树的大枝杈撅伤了露着白茬,柿子树掘了根趴在了地上……大杨树、大柳树、老槐树索性直接电锯齐根截下变成了木材劈柴……

人呢?住了几辈子的街坊,没了说话搭理儿的热乎劲儿,也没了推门就进、拿起就吃的随性儿,就是抬头撞见着了,也得想着法儿躲,实在躲不开、抹不了面儿,也就是能点头,就不开腔了。

说啥呀?说房?啥时拆?给了几套?剩下多少(钱)?

傻瓜才说呢!

拆迁办的人低声说"我可给您多量着呢?您可别……"

开发商趴在耳朵根前儿"我给您多算几平方米呢。您千万……"

人家的话不说,我也嘴严着呢。

这话烂在肚子里也不能说!说句流行的话"打死也不说!"一句话,传内不传外!老婆可以跟老头儿说,老头儿可以跟老婆说,就是亲儿子亲闺女,都不能说!

说出去,街坊到拆迁办跟你比,咬扯你!儿子闺女算计你!孝顺的,不言语。不孝的,就跟你要,不给,就跟你打官司告状。

唉——这哪是拆迁呀,简直是拆"家"……

2009年冬夜,特别寒冷。呼啸的北风在4000多户、已成了一片瓦砾的村庄上肆虐……

没有一个身影,没有一处亮光,一片漆黑。

2012年的秋天,村民回来了,入住新家。北京郊区变成了北京市区,村民变成了北京市民。

平静了,一切落停。

有人想起小哨儿,都说好长日子没看见他了。

谢 恩

"嗵!"地一下诊室的门就被撞开了。

刚跨进门,还没坐稳的石大夫被吓了一跳。

哗!屋里就涌进好几位。

"石大夫,您得救救我!救救我。我,我可不能就…就么完了,这么完了。"一位架着双拐被众人拥着的中年男子脚还未站稳就急不可耐地嚷开了。

"是呀是呀,早就听说您手艺高、学问大,治好了许多人。我们好不容易才打听到您,在这守了好几天了。"

"没错!没错!我们几个起五更睡半夜轮流排队,今天,总算见到您了。

石大夫抬手指了指对面的凳子。走到饮水机旁。

众人的目光盯着他,心里有些不满,"嘿!我们这么着急,哼,他倒好…"

石大夫端着水递过来"喝点儿水。"

"谢谢!谢谢!"刚刚坐下的中年男子,双手紧忙接过水杯连连点头道谢。

石大夫摆摆手在座位上坐定。抬手将几根儿垂在眼镜边上的白发往上撩了撩。抄起笔,将桌子上的处方往手边挪了挪。这才用目光,端详起面前这个病人。询问着他病的来龙去脉。一问一答好似一对父子轻轻地聊着家常。

原来这位病人自称是京城某大房地产的矿老总。业务相当繁忙,交际相当宽广,生活相当多彩,可谓是春风得意,马蹄急。不料,在一次聚餐狂欢后,身心疲惫的他入睡不久,想去如厕,可双腿不知为何竟不听使唤了。无论他如何用力,反复几次,汗出多少,就是不能起床而立!一个可怕的念头闪了过来,这个念头吓得他脊背冰凉,头发根炸立。

"快!快快起来,看看我这是怎么了?!"他猛地松开攥着床头的手,砸向睡在身边的女子。

"干——嘛么?人家睡得好好的。"那女子揉着睡眼,嘟噜着白脸,撇着猩红的嘴唇,嗲声嗲气。

"快!快看看我的腿!"此时的矿总,昨日还风情万种,此时脸色铁青,豹眼圆睁。

那女人被雷震了似的,一哆嗦!她只朝矿总一瞥,凤眼立马变核桃了。

"怎…怎么啦?您怎么啦?!"那女人心里"砰砰"乱跳,像打鼓。她颤着手撩开被子,战战兢兢伸出纤细的玉手。

"哎哟!这…这腿……?"冰凉梆硬的腿吓得她不由得大叫。

"别…别愣着啦！快…叫人。""不！快叫车。""不…不…不，快叫120！"吐口唾沫变成钉的矿老总，有些不知所措了。

王经理来了，孙经理来了，120呼啸着开过来了。

矿总，总算没倒下。但却比别人多了两条腿。

"不能就这样！一定要甩掉它。"矿总狠狠地瞪着多出的"腿"。

"张大哥、李二兄、王三弟、小陈你们都帮我找找，找找神医，寻寻好药，我好了，决不亏待你们！"公司内外，餐桌上下，矿总总是忘不了它的"腿"。

可，一晃两个月过去了，医生见了不少，偏方吃了两车。矿总，总是抱着火罐去，揣着冰块回，一次次的希望转眼就成了见风就破的肥皂泡。

"矿总！我终于给您找到了一位名医。那手艺，简直绝了！"

"真的？"

"绝对！我老姨夫就是他治好的。"

"果真如此？"

"没错！他就那么一摸，您立马就会阔步向前。"

"好！那咱明天就去。"

……

"石大夫，俺别的地方没说的，看病，得听您的，您说咋治就咋治，全由您。钱咱有的是！"

经过石大夫推、拿、揉、搓、针灸，没出一个月，矿总果真甩掉了多余的"腿"！

"石大夫，您的大恩，我就是倾家荡产，也报答不了您！您就是我的再生父母！"山珍海味的酒桌上，矿总泪眼迷离，酒杯高举，话感天动地。把白发丛生的老石大夫感动的什么似的。

"我先送您一套房！"

"不…不…不…不行。"从没见过这个阵势的老石大夫,脑袋紧摇,手紧摆。

"给您老,您就拿。有什么呀,不就是一套房子嘛。""明天工程完工,我那套办公室就归您了。"

"这…这怎…怎好意思呀?"

"您要真不落意,就给我个成本价。"

"那…那好吧。"老石大夫心里说,这矿总还真挺豪爽。看着实在不好推辞只好答应。

一个春风拂面的日子。石大夫携着老伴踏进他们的新家。屋里有些乱,但还算宽敞。能住上一百多平方米的房子,是他这辈子连想都不敢想的梦!

"老婆子,这屋咋样?"他喜滋滋地看着满屋转悠的老伴。

"想不到,想不到,老了老了,还能有这样一个家!"心满意足的老伴,脸上开满了菊花。

"铃…铃…"一部血红的电话在布满灰尘的桌子上跳了起来。

"喂,喂?"石大夫疑惑地拿起听筒。

"你,是不是姓矿?!"

"不,我…我……"

"咣"的一下大门被撞开了,一群愤怒的人们"哗"地闯了进来。

"还我们的血汗钱!""还我们的血汗钱!"

雪脏了

天儿还没亮透,张大妈就躺不住了。侧脸看看对面睡得正香的孙女,她撑着身子慢慢坐起,摸索着穿衣服。睡懒觉,她可没这造化,要是在家,这会儿早就烧火做饭了。可自打来到住楼的大儿子家,她就开始变"懒"了。

"妈,明早儿您不用起得太早。"早?时钟都指到六点了,还说早?

"早饭您不用做,楼下我买点油条豆浆就行。"

她闲了。就是午饭、晚饭儿子媳妇也常常不用她忙活。孩子们孝顺她疼她,她懂,她知足。可,她心里不知为啥就是不舒坦。

昨晚,吃花生豆儿,筷子没夹住。咕咕噜噜从桌上滚到了地上。她刚要伸手捡,孙女就一脚踩住了:"奶奶,脏了。不要了。"一天擦好几遍的地板,不脏啊。

"妈,扔垃圾筐了吧。"包饺子剩下一小块面儿。她心想:够做一顿(面)片汤儿了。刚要放起来儿媳就发话了。

还有那天,吃米饭炒菜。一家子吃完饭,盘里剩下了菜,锅里剩下了饭,虽然不多,可也够熬顿粥的。可她还没说话,就看见儿子,把菜盘子往锅里一倒,连菜带饭哗哗啦啦就倒垃圾筐里了……

唉,她心里真疼啊……

想当初,大儿五岁那年(**1960**年)高烧不退,不就是在她怀里哭着要"吃(面)片汤,吃(面)片汤"吗?当时,哭得她心都碎了……

过后跟儿子说,他反倒说开了她:妈,都啥年月了?咱的日子好过了,您儿子一个月能挣您种两年地钱。能买好几亩地的麦子!想开点吧,老妈,您以后就跟我享福吧。

享福? 她不能不知好歹,跟儿子媳妇闹别扭。

八月十五,大儿子媳妇孙女一家从五百里外的北京回老家过"八月节"让她很高兴! 老头子也格外高兴!

20年了,全家一起过"八月节"可是头一次呀! 快70岁的人,顾不得收秋播麦的劳累,骑着车子就到几里地的镇上,给儿子买回两个大西瓜!

"妈,跟我到北京吧?"饭桌上大儿子说。

"去吧。去吧。跟儿子到北京享享福。"老头子说。

"妈,您就跟我哥去吧。好好享受享受。"二儿子二儿媳也这么说。

当时,她觉得地里玉米收了,麦子种了,活茬干得差不多了,就答应了大儿子——到北京去享一享福。

可,出来还没一个月,她就想家了。回家,几次张口都被儿子媳妇还有孙女挡了回来。

"回家,你干什么去呀? 我们对您不好吗?……"

"好!好!"没等儿媳说完她就赶紧接过话儿。要是说儿子儿媳不好,那可是灭了良心。

回家干什么去呢?想想,真是没的干。地里的活全干完了呀。可她就是想家。

这儿不好吗?这是北京城呀!不是很早很早以前就向往的地方吗? 姑娘时,哪个伙伴要是在城里找到了婆家,哪怕嫁给有毛病的,都令人羡慕呢! 不管怎样人家可是一步登天——变城里人了呀! 城里人,住高楼,走马路,吃大米饭,咬白馒头。

可那会儿,她没那么幸运。首先,她不漂亮,其二,她家也没有城里的亲戚或者当官的朋友。

而今,她借儿子的光,住到了北京城的高楼里,吃喝在屋,拉撒也不用出门,就是刮风下雨,要不是隔着窗户朝外看,也不知道。

要是在家,一看天儿,云彩挂样儿,没等风起,就得赶紧收拾,柴火、背筐、笤帚、土簸箕杂七码八的一个劲儿地往遮雨的棚子里收,要是等雨点子下来了,就晚了。柴火要是被雨浇了,做饭就麻烦了,烟熏火燎的就受罪了。

住在楼里就是好!做饭,手一拧,火就着了。不大工夫,饭菜就得了。城里人就是享福呀!听说,过几天,就给"气儿"。暖气儿,不用点炉子屋里就暖和。

"妈,明天可能下雪。您别出去了"。儿子临睡前说。

下雪,那可太好了。麦子自打种下地还真没见着一星儿水呢,她正担心呢。她真怕啊,真怕今年会像那年似的……

那年麦种下地,十天半个月,就不见个雨星儿。她和村里人见天望着天盼着云……盼啊盼……就是盼着老天爷给点雨。

二十天过去了。雨没来。三十天过去了。雨没来。四十天过去了,就是个小雨丝儿也没见着。

燕子走了。冬天来了。她和村里人又开始盼着雪。盼啊,盼啊……燕子都回来了,一片雪花也没盼来……

柳枝绿了,可他们的地里却是一片焦黄……

要不是政府发下种子,给了补贴,恐怕村里人又会走出去一大半了……

穿好衣服的张大妈,出溜到床边,把脚伸到拖鞋里,轻轻地走向窗户:

"哎哟！我的天爷爷，真的下雪了！"窗帘才撩开一条缝儿，张大妈的心里就乐开了花！要是在家，她早就可着嗓门喊了！

一个急转身，哈腰换上棉鞋，披上大衣，她抬腿就往门口奔。

"妈，您这是……"正要出门上班的儿子，看着母亲有些纳闷。

"下雪了！我得去看看！"她兴冲冲地说。

一早看见雪，他就心烦：路滑车堵。否则，他还不这么早出门呢。

张大妈不看儿子，自顾自下楼了。电梯快，唰地一下就到了地上。一出楼门，张大妈就捧起了满满一捧雪！这清凉凉的雪，这白花花的雪，多干净、多干净呀！

78岁的张大妈就像一个初次见到雪的孩子满脸灿烂。

"妈，那雪脏！"随后出门的儿子一声吼，张大妈一哆嗦！刚要贴近嘴唇的满满一捧雪，掉在儿子走过的地方，黑了……

要变天儿了

她刷完最后一个碗，端起刷完水走向泔水桶。往回走时，脑门上又出了一层汗。"这天儿。"她嘟囔着。还没进厨房，一阵风吹来让她感到很舒服。

她仰起脸，发现太阳没了，一大块黑云，正遮着。天空上有很多黑云，大大小小急急慌慌地跑着，都像那块遮着太阳的那块黑云凑合。天暗了下来，风也大了起来。刚才还让人气急冒火的天,一下子让穿着薄衫儿的她打了一个喷嚏。

她放下盆儿,迈开两只小脚儿紧着扯下晾着的衣服。隔壁传来一声咳嗽。

"大妹子,快收拾收拾东西吧,要变天儿了。"

"还真是的,刚才还响晴薄日的呢。"东院的凤灵应着她的话茬。

她家和凤灵家东西院住着可不是三年五载的,可真是"老街坊"了。从老一辈算起,怎么着也得有三辈儿了。门口这棵两个人搂不过来的大槐树,听爷公说还是老一辈两家人一起栽的呢。如今这棵槐树一遮两院,再热的天,树底下一坐,也不见一粒汗珠子。就是下雨,立在树下也能抵挡一阵。

两家感情好,传了好几辈,到她们这辈儿更是没说的。谁到谁家向来就是推门就进,看见出锅的馒头,拿起就吃,不用打磕绊儿;借水桶使铁锨,趸摸着就抄,不用商量打报告。孩子们更是,得(dei)着吃就吃,得(dei)着炕就睡,爱谁儿谁儿。树上的枣儿,盘子里的肉,不吃个肚圆、不吃个嘴角儿子流油不罢休!晚上收工回家,先做饭吃饭,归拾完锅盆碗筷再找孩子,不用满街喊到处找,抬脚就进隔壁门儿,那丫头小子一准儿是肚子溜儿圆,不满院子耍,就是人家炕上流着哈喇子吃哝着呢。

她和凤灵是同辈媳妇,60岁的她比她大将近15(岁)。因此有什么事都有意让着凤灵。

人家凤灵也不傻,心里明镜儿似的。处事也是,你敬一尺,我还一丈。"大嫂"整天挂在嘴上。

可最近,她发现,凤灵不像以前亲近她了,就是整天介往家里跑的丫头小子,也少多了,就是在门口儿碰上,有时也假装没看见,孩子们,也"大妈大妈"叫的少多了。

有一次,几个孩子正在大槐树的阴凉儿里抓拐儿(羊骨头轴儿),她背着草筐一露头,嘿,就像捅了马蜂窝"哄"地一下爬起来,跑了。就连屁股蛋子的土都没顾得掸掸。跑了老远,还回头指着她,好像说着什么"地主婆""台湾"啥的。

当时她也没往心里去,一帮"吃饱了不饿的孩子"。次数多了,她就觉得不对劲儿了。

渐渐地她发现,村里人的目光都有了变化。眼里流露出几乎相同的东西。

她回家睡不着,吃饭也少了滋味,心里琢磨着村里人的眼里的东西:

老一辈人会过,勤勤,凭力气靠脑瓜儿,置房子,置地,家产在村里屈指可数。庄稼地让村里人拾掇,打下的麦子棒子,一家一半;摘下的黄瓜茄子看着送。开个油坊,村人吃点香油麻酱,也算看得起咱。四九年,老头子跟着当兵的大儿子跑台湾去了。闹土改,土地归了公,评了个"地主"成分。可搞运动时村里人说,她家人没做什么恶事,也就没打骂难为她这个"地主婆"。

可如今,都快解放二十年了,再怎么着也是过去的事了。她有些不明白了。

晚末晌儿,收工,她正要背着筐柴火往回走,村里的大队书记就过来了。

"晚上七点,到大队部。不许迟到!"黑脸蛋子唬得吓人,一改往日嬉皮笑脸吆喝"嫂子嫂子"的模样。

夜里风很大,干树叶子被吹得哗哗地到处跑。

她推门进家,老座钟正好敲了11下。

第二天一早,星星还没退呢,她就拿着大扫帚上街了。

再后来,她就上了台,被一个撅着嘴巴的上山下乡的知青,

当胸一拳"让你变天！让你变天！"一个趔趄就趴在了地上……

台下有很多人，有她不认识的，也有她认识的，认识的人里，他看见了大队书记，也看见了低着头的凤灵。